澄澄的青春

李龙飞/著

沈阳出版发行集团
沈阳出版社

图书在版编目（CIP）数据

澄澄的青春 / 李龙飞著. -- 沈阳：沈阳出版社，
2025.5. -- ISBN 978-7-5716-4824-4

Ⅰ. I267.1

中国国家版本馆CIP数据核字第2025EN4954号

出版发行：	沈阳出版发行集团|沈阳出版社
	（地址：沈阳市沈河区南翰林路10号　邮编：110011）
网　　址：	http://www.sycbs.com
印　　刷：	成都市兴雅致印务有限责任公司
幅面尺寸：	170mm×240mm
印　　张：	15
字　　数：	210千字
出版时间：	2025年5月第1版
印刷时间：	2025年5月第1次印刷
责任编辑：	范莹莹
封面设计：	悟阅文化
版式设计：	悟阅文化
责任校对：	张　畅
责任监印：	杨　旭
书　　号：	ISBN 978-7-5716-4824-4
定　　价：	78.00元

联系电话：024-24112447
E - mail：sy24112447@163.com

本书若有印装质量问题，影响阅读，请与出版社联系调换。

写作是一条崎岖的寂寞之路，愿你及时跟守寂寞，不趋进取，脚踏实地，厚积薄发，用心中为笔，深刻反映社会变革，深刻洞察人情世态，不断形成"地长特色"的写作风格和叙事视角。

曾玉平
2020年8月8日

曾玉平：国家统计局原总统计师、中国统计学会常务副会长。

自　序

今年36岁的我决定出《澄澄的青春》这样一本书，主要有以下几个方面的原因。

我在很多地方生活过。我出生于湖南省平江县的一个小乡镇——上塔市镇。随着我的出生，父母为了使我受到良好的教育，就申请调到平江一个大乡镇南江镇工作。我的幼儿园、小学和初中在南江镇就读，我的高中在平江县城就读，我的大学在岳阳就读，而我的硕士研究生在长沙就读。本以为我硕士毕业后会留在长沙或岳阳，但命运的安排确实让我没想到，我考上了广州市的公务员，于是到广州开始了我的工作历程。在广州工作期间，我还到广东省清远市连州市开展脱贫攻坚工作，在那里待了将近一年。在广州工作6年后我被调回了平江，先后在安定镇和县城工作。不管在哪里生活，这些我生活过的地方的风土人情都给我留下了极其深刻的印象，极大地丰富了我的阅历。

我历经多个岗位的锻炼。2014年，我考上了广州市天河区的公务员，先后在区城管执法局、车陂街道、五山街道工作。这段经历使我对行政执法工作、大城市基层工作有了一个比较清晰的认识，对大城市底层的人民群众生活状况有了一定的了解。2016年，我商调至广州市总工会工作。广州是我国一线城市、副省级城市，在广州市市直属单位工作需要较强的宏观协调分析能力和公文写作能力。其间我还被派驻到连州市龙坪镇开展精准扶贫工作，这使我对连州市村级基层组织的运作和贫困老百姓的困难与想法有了一个比较深入的了解。2020年，我商调回到我的家乡平江，在安定镇政府工作了两年半。这段时间使我对平江的乡镇工作有了较深的了解，同时，也认识到平江的乡镇工作和广州的街道工作、连州的基层工作有较大的区别。2023年年初，我再一次经历商调，被调至国家统计局平江调查队工作。虽然还在平江工作，但单位的属性从地方行政单位变成了中央垂直管理单位。基层统计调查工作不仅加深了我对基层的认识，而且使我涉足经济领域，对国家的经济形势开始了研究思考。回过头看，10年不到的时间，我经历3次商调，先后在7个单位工作。这些经历对我而言是弥足珍贵的，它不仅提升了我的工作能力，更丰富了我的阅历，拔高了我的思维层次。

  我接触过不少优秀的人。有时候，我觉得我何其幸运，碰到的这些优秀的人，他们关爱我、感染我、教育我，使我饱含对生活的热爱，正确看待人生的酸甜苦辣。首先，我的亲人很优秀。我的父母和妻子都是教师。从小父母非常注重对我的全方位培养，帮助我树立了正确的三观。妻子对我关爱有加，总是能给我提出中肯的建议。同时，我的许多亲戚在自己所从事的行业都取得了不小的成绩。从小深受他们影响，在他们的一言一行中领悟为人处世做学问的真谛。其次，我的老师很优秀。从小到大，我碰到了不少优秀的老师，他们渊博的知识、良好的学术素养和端正的行为准则启迪了我的心智，让我受益匪浅。再次，我的领导同事很优秀。参加工作以来，虽然我换了很多单位，但我遇到了不少本领过硬、能力胜任、境界很高、底蕴十足的好领导，也遇到了许多讲政治、顾大局、会做事、好共事的好同事，他们向我传授工作经验的同时也时时刻刻教我如何完善自己。最后，我的朋友很优秀。从小到大我交了不少不同类型的朋友。有的学习好、有的会赚钱、有的能力强，但有一点都是相同的，我们情投意合、友情真挚，不仅共同进步，更互相帮助。

我有广泛的兴趣爱好。我的父亲兴趣非常广泛，喜欢学习文科知识，对唱歌、跳舞、打球、拉二胡、下棋等都非常在行，教过政治和数学。从小深受父亲的影响，我对很多东西都感兴趣。一方面，学习的内容非常广泛，不论文史哲理工，还是经济军事音乐，抑或是公文论文散文，我都非常感兴趣。另一方面，生活的方式比较多样。除了读书之外，我喜欢唱歌、品茶、散步、下棋、聊天、网购、踢足球、打篮球、打乒乓球等。慢慢地，我的求知欲越来越强，只要是我不懂的东西，我都乐意去学去弄懂，只要是有利于提高生活质量的方法，我都愿意去尝试。

正是以上四个方面的原因使我在30多岁的年纪积攒了较为丰富的人生阅历，也为写这本书埋下了伏笔。之所以取书名为"澄澄的青春"，得从18年前说起。

2006年，我第一次高考失败了，没有考上心仪的大学，辜负了亲人朋友们的期望，也浪费了光阴，觉得非常耻辱，决定把自己的QQ名改为"从负开始"，以此明志，燃烧的青春岁月从此便拉开序幕。

复读那年，我还有点懵懂，谈不上特别勤奋，按部就班地搞好复习，结果跌跌撞撞地考入了湖南理工学院土建学院学习。

2007年9月，到大学报名的第一天，一位老前辈招待我们全家吃了中饭，其间他和他的爱人语重心长地跟我说道："在大学要努力学习，争取考上研究生，人生才会更加精彩。"那时的我似乎像开窍了一样，醍醐灌顶，明白青春就应该努力上进，就应该奋斗，我进入了青春应有的状态。

大学期间，我学习比高中还要努力，有一个学年学习成绩还是专业第一。通过大学的学习，我对土木工程专业知识有了一个较为宏观和系统的认识，具备一定的专业理论水平和实践能力。其间获得"湖南省优秀高校毕业生""湖南省数学竞赛二等奖"，两次校"三好学生"，两次"国家励志奖学金"等奖励。更重要的是，我以一个比较高的分数考上了湖南大学结构工程的硕士研究生，初次尝到了奋斗的甜头，并将做事做学问全身心投入的习惯一直保持了下来。值得一提的是，考上研究生后，我回请了那位老前辈全家，表达了我对他们全家的感谢！

研究生期间，我积极参加导师的科研项目和专业实践，注重理论联系实际，提出问题、分析问题、解决问题的能力不断得到增强。在学习专业知识之余，注重人文素养的提高，节约、集约利用时间来研究哲学、文学等人文知识开阔眼界、拓展思维、提升境界。很幸运，我应届考上了广州市天河区的公务员。

参加工作后，虽然历经多个岗位，但我对待每一项工作都兢兢业业，不敢有丝毫懈怠。随着时间的推移，我的学习能力、工作水平、思想境界不断提高，可是我的青春也在随之慢慢流逝。

董卿曾说，人生有一首诗，当我们拥有它的时候，往往并没有读懂它。而当我们能够读懂它的时候，它却早已远去，这首诗的名字就叫青春。

"澄澄"，清澈、纯净，像极了青春的特质。青春本就充满着不加修饰的真诚、对未来的纯粹憧憬，如澄澈湖水般毫无杂质。以"澄澄的青春"为名，是对青春岁月里最本真状态的致敬。《澄澄的青春》记录了我在青春旅程中，在经历挫折、迷茫与探索后，内心逐渐沉淀，从懵懂走向内心澄明的成长蜕变。

36岁的我，已然不再青春。但回过头看，我的青春充满着活力、充满着激情，在我的人生答卷上画上了浓烈的青春色彩。

《澄澄的青春》这本书是为了展现青春时期的我在这个伟大且充满变革的时代背景下对待亲情、爱情、友情、学习、工作、生活，始终保持阳光积极、努力进取、包容兼蓄的人生态度而作。

李龙飞

2024年7月21日于平江县颐华城

目　录

温情絮语

我的外公外婆 …………………………………… 002
我的母亲 ………………………………………… 005
充满爱意的"博弈" ……………………………… 009
野芹菜炒腊肉 …………………………………… 011
我的父亲 ………………………………………… 013
鱼香茄子 ………………………………………… 014
笨小孩 …………………………………………… 016
数学情缘 ………………………………………… 017
爱不完 …………………………………………… 018
真的喜欢 ………………………………………… 019
写给儿子的话 …………………………………… 020
追求卓越 ………………………………………… 023
从负开始 ………………………………………… 029

生活悟语

盛夏的果实	034
名字的意义	036
忧乐善	038
九通	040
学无止境	041
为学和为人	042
静夜思	044
最大的选择	045
两个境界	046
第一代移民	047
种菜	049
家园	050
青玉案·元夕	051
十五的月亮	052
前途	054
春秋	055
夸奖	056
心淡	057
孤独	059
月亮	060
三个问题	061
小时了了	062
从《康熙王朝》看索尼的处世智慧	063
我心中的电影大师	064

多维度研究与洞察	065
潜移默化	067
关于文理分科	069
近处菩萨远处显	071
《天龙八部》"三兄弟"	073
开学感悟	074
复读无罪	075
写给表弟的话	077
要注意养生	078

践学悟道

走稳人生路	082
生命	083
水	084
文化的力量	085
愈深愈难愈奇	086
慢生活	087
学问	088
珍惜青春	089
写文章心得	090
学哲学用哲学	091
读书人要有"三气"	092
终身快乐	093
不能忘本	094
学分	095
做好自己就是做好别人的朋友	096

两件事 097
常态、心态和状态 098
一切 099
不争论 100
德与才 101
认识世界和改造世界 102
微观 103
人尽其才 104
感恩 105
规律 106
三做 107
净和静 108
提升认知层次 109
心动 110
四两拨千斤 112
富与贵 113
中庸的局限性 115
成事的五个步骤 116
虚虚实实 118
好人 119
白开水 121

政途笔谈

四个"自" 124
谋定而后动 126
实践第一 128

工作的本质	129
明确目标	130
经验	131
执行力	132
金融	133
有爱的人	134
心忧天下	135
三省	136
五平之心	137
急与缓	138
原则性和灵活性	139
同频共振	140
常怀"五心",做好一名督学	141
制度、科学、文化	144
我理解的供给侧结构性改革	146
总结过去、着眼未来、做好现在	147
要提高群众鉴别和使用物品的能力	149
推动全县学哲学用哲学蔚然成风	151
千方百计拓展大龄农民工就业空间	154
五四青年活动发言稿	156
三下乡心得体会	161
公务员初任培训心得体会(一)	164
公务员初任培训心得体会(二)	166
公务员初任培训心得体会(三)	168
关于科学的感想	172
向余书记取经	174

学术漫谈

三本书	178
阴阳之道	180
百家争鸣	181
舅舅推荐的三篇文章	183
重视基础	185
为长远发展积聚能量	190
读史求实	192
读《论语》有感	196
读懂《红楼梦》	199
王安石变法失败原因的探究	204
再读武则天	213

后　记	223

温情絮语

我的外公外婆

我很小的时候，父母因在外求学把我放在外公家。这段时间大概有3年。那时的许多记忆片段以及留下的照片，到现在都能让我感受到外公外婆对我无微不至的关爱：每天外公都会用肥皂把我的衣服搓洗得干干净净，每次在外搞完工程回来总会先到上塔市把我接到他家，每晚都要带着我睡等。除此之外，外公还很幽默，可以说，那时外公在我心中是无比神圣的。但那时的外婆好像很少说话，她的智慧我并没有察觉。

外公只读了一点点书，认识的字很有限，外婆是纯粹的文盲，但我想，读书多少有时跟人格魅力和心胸没有多大关系。小时候，有一次我很好奇地问外公："你为什么叫'拱辰'？'拱辰'是什么意思？"外公没有回答，只是笑了笑。外公读书不多，不明白名字的来历和意义实属正常。后来，我又得知大外公（外公的哥哥）的名字是"北辰"，但我没有细究，认为两兄弟名字中都有一个"辰"字能说明两者的关系。大一的时候，我花了一个多月的时间学习《论语》。当读到"为政"篇的"为政以德，譬如北辰，居其所而众星共之"这句话时，我无比激动、茅塞顿开，仿佛发现了新大陆——原来外公两兄弟的名字就出自这里。这句话的大概意思是实行德政，就像北极星一样受到群星拱卫。用来取两兄弟的名字确实再合适不过了，一个北极星，一个拱星，互相依靠，以德为帅。外公两兄弟的名字恰恰预示着他们的人生轨迹。大外公叫"北辰"，对应着"为政以德"这句话——年纪轻轻就当了领导干部，工作能力非常突出，尽职尽责。而外公呢，虽然是农民出身，但眼界开阔、思想超前，一直默默等待机会，改革开放后外出闯荡，凭着自己的努力，成为20世纪80年代地方有名的万元户，并一直致力于社会公益事业。他们两兄弟的感情异常深厚，互帮互助，血浓于水的亲情在老家传为佳话，则对应着北极星与拱星互相依靠的意义。

2003年，外公病重，我去南江医院看望他，当时他已经生命垂危，看到我走到他旁边，就紧紧地握住我的手，眼神中有一丝难受和不舍。大概半分钟后，有其他人进病房来看望他，他发觉后，就没有用力握我的手了，我明白，他想和看望他的人握手。外公就是这样一个人，不管是平时还是生命垂危之际，对别人的尊重和包容是刻在骨子里的。很幸运的是，外公挺过了那一关。

2006年，我参加了人生的第一次高考。6月7日上午考完第一场语文，我回到姨妈家吃中饭，外公打来电话，几乎像是用尽所有力气跟我说道："鼓足干劲、力争上游，为李家、赵家争光。"我现在回过头看，很震撼，也很遗憾。震撼的是快到生命尽头的外公说出了如此有力量的话语；遗憾的是我的高考成绩与他和外婆的期许差得很远，辜负了他们，非常愧疚。

外公外婆都很聪明善良，都很有个性。外公在外包揽工程接触各个层面的人，看人准。但外婆对人、周边形势的判断和对未来走向的预估更是准得惊人，对她不经意说的话总需要认真揣测，才能发现其中的智慧。例如妈妈曾跟我说，她小的时候，当有城市里的亲戚带回来水果，外婆从来不给子女吃，都会切好分给同村上了年纪的老人吃，她认为她的子女以后还有更多的机会吃水果，但那些老人可能再也没机会了。不一样的是，外公柔中带刚，很随和、幽默，情商高，有气魄，对人对事总能做到一碗水端平。外婆刚中带柔、勤于思考、善于观察、非常执着。

我听妈妈说，外公外婆脾气不小，七个儿女都很怕他俩。外公外婆对子女要求很严格，哪怕20世纪80年代以来，家庭条件比较宽裕了。但是，外公外婆从来没对我发过一次脾气，没说过一句重的话，哪怕发现了我的不足，总会一次又一次语重心长地跟我说，要我不断完善自己。

近几年，外婆得了阿尔茨海默病，饱受疾病的折磨，经常失忆、忘事，继而自责、失落。但外婆终究是外婆，她和一般人是不一样的，哪怕得了阿尔茨海默病，也还是那么无私。她任何时候都在想如何能不麻烦自己的子女，不麻烦别人。她任何时候都记得我，都知道疼我。有一次我专程送饭菜给外婆，外婆一直不肯吃，一遍又一遍地问我吃饭了没。经过不下十次表明我已经吃过，是专程给她送饭的，她才拿起筷子。

有人说，小孩子小时候是谁带大的，就会最像谁。从小到现在，我就一直想把外公外婆身上的优点都学会，经常回忆和他们一起生活的点点滴滴。外公已经逝世，外婆没有了记忆，我今生已经没有机会再和他们进行有效地沟通了，哪怕经常梦见外公复活的场景。但他们给予了我无尽的爱和健全的人格，他们的聪慧会永远指引我战胜人生中一个又一个的困难。

注：此文发表在《岳阳日报》上。

我的母亲

我的母亲叫赵比香。她的人就像她的名字一样，一直都在不停地思考，不停地向上。"比"代表一种竞争意识，努力上进，而"香"代表事物的美好状态，"比香"其实就是追求卓越的意思。

2024年3月，母亲度过了她的60岁生日，也在这时结束了她40多年的教育生涯，光荣退休了。作为儿子的我，心中感慨万分，一方面她为教育事业付出了大量的心血，有其博爱的一面；另一方面她为我的健康成长融入了太多的情感，有其专情的一面，并且她将两者的关系处理得极其到位。

参加工作以来，母亲任教过小学数学、中学数学，当过小学大校的校长，还在教育局派出机构从事教育行政管理和教学业务指导工作。不管在哪个岗位，母亲都是在为教育服务。

母亲是一位精益求精的数学老师。一方面非常注重自己数学知识的积累。虽然大部分时间教的是小学数学，但她对数学竞赛和高等数学的知识钻研得比较深。另一方面在数学教学中非常重视学生思维能力和实践能力的培养。她曾在《岳阳晚报》上发表文章《使学生在数学课堂上活跃起来》，介绍通过一题多解和将数学知识与生活紧密相连的方式贯穿数学课堂中，使学生学得快乐、学得扎实。

母亲是一位狠抓素质教育的校长。母亲对学生的文化成绩有着比较高的要求，认为文化是学生成才成事非常重要的基础。除此之外，她对提高学生的综合素质有着自己的思考。一方面，她非常注重培养学生自立自强的品格，她曾在《平江报》上发表相关文章，她认为，教子女贵在自立。培养子女自立的能力，比留房子、留钱财要实在得多，价值高得多。

另一方面，她积极推动学生参与社会实践活动，让学生体会劳动的辛苦与光荣，既丰富了学生的课后生活，又提高了他们理论联系实际的能力。她还在2007年的《岳阳晚报》上发表相关文章。早在十多年前，母亲所在的学校就提出"变脸作业"丰富学生暑假生活的举措，班主任根据学生实际情况，结合社区特点，纷纷改变作业形式，或跨年级或跨班级成立"名著阅读小分队""留守儿童乐园""夏练小组""小小合唱团""我是社区小帮手"等形式多样的团队，满足了爱好广泛的小学生。

母亲是一位富有情怀的教育工作者。2012年，母亲从南江镇中心小学校长岗位被调到平江县教育局南江学区督学岗位上，那时她对教育进行了大量的思考。她认为，作为教育工作者应该常怀五心——爱心、细心、虚心、耐心、雄心，体现了母亲对教育的理解和她的教育情怀。

如果说母亲是很多学生的老师，许多师生的校长，那么她是我"唯一"的母亲，这个"唯一"让我三生有幸。

母亲的爱润物细无声。都说母爱是最伟大的爱，对我而言也是一样。母爱无需负重任，催逼一生答谢，只需要讲"妈妈，我爱你"，母亲就会特别开心。妈妈曾在《关心下一代报》发表文章《母爱无痕》，讲述着她对我无痕的爱。里面提到一件母亲培养我自立能力的趣事："儿子天真活泼、神气十足的样子特别逗人喜爱。记得他上幼儿园时，有一天，幼儿园对小朋友进行体检，小朋友都由父母领着去体检，我为锻炼他的胆量和自立能力，站在三楼的走廊上，目不转睛地俯视着他独自去体检。只见他拿着体检表，迈着轻快的小步，兴高采烈地跑到每位医生面前接受检查，医生们都和蔼可亲地与他谈笑着，好像都夸奖他真棒。当孩子体检完交表后，我连忙从楼上跑下去，拿起体检表，仔细查阅有没有漏检的项目，凝视着上面'正常''健康'等词，喜悦充满了我的心灵。'可怜天下父母心'，谁不爱自己的孩子呢？只是爱的方式不同啊！"

母亲的智慧启人心智。母亲对我的培养非常用心，很有规划，很有层次感。刚入小学的时候，母亲给我准备了《格林童话》《安徒生童话》。上了小学三年级，母亲给我准备了《少年儿童百科全书》《四大名著（白话版）》《钢铁是怎样炼成的》等。上了初中，母亲为了使我学好英语，购买了龚亚夫主编的人教版英语光盘，并要求我每天看半个小时。再后来，凡是有好书、好杂志、好文章，她都会第一时间推荐给我。参加工作后，她更是教了我不少做人做事的道理。她曾说："人是活的，其他都是死的。"意思是客观世界是有规律的，可以被掌握，而人是有主观能动性的，要善于发挥人的主观能动性。她曾说："话不要说得太满，话不要说得太早。"意思是说话要留有余地，让人舒服，让自己有退路，同时，没做到的事情不能说，不能让人觉得轻浮。她曾说："人只有把自己放得低低的，才能避免许多没必要的麻烦。"意思是做人要低调，不到必要时要不显山不露水，这样才能更好地保护自己。母亲的话我一直牢记心中，谨言慎行，时时严格要求自己。

母亲的心胸宽容似海。母亲在很多学生眼中是出了名的严格，在我心中也是令我非常敬畏的严母。《论语》里讲"绘事后素"，我的母亲亦是如此，她的严格是建立在她的宽容和仁义之上的。记得2011

年我大学毕业和研究生入学之间的那个暑假，由于时间比较宽裕，我报名参加了驾校培训。在一天上午练习完回家的路上，一位摩托车司机边开车边打电话，把走在路边的我撞飞了，我的大腿、臀部和手臂被严重擦伤。母亲听到我被撞进医院治疗的消息后，万分惶恐，第一时间赶到医院，看着我流血的伤口流下了难过的眼泪。肇事者连忙向母亲道歉，并表示不仅会出医药费，还会赔偿。然而，母亲没有责备他，只是劝他以后开车要小心点，不要再出类似的事故，并拒绝他出医药费和赔偿，因为母亲认为肇事者很有诚意并且他的经济状况也不是很好。

母亲的博爱和专情并不矛盾，是有机统一的，都是母亲为人处世智慧的体现。有一次我在系鞋带，母亲见我的蝴蝶结系得挺好的，非要向我学习怎么系鞋带，因为她在学校里经常看到学生们的鞋带没有系好，既不好看又容易摔跤。作为教师、作为校长，她全心全意为教育服务，每时每刻都在想着替教师、学生排忧解难，加班加点是家常便饭。不管在哪，只要发现学生（包括我）言语行为不得当，都会现场教育。作为母亲，她悉心培育照顾我。在我的印象中，母亲没吃过一只鸡腿，有客人时给客人吃，没客人时，以前都是留给我吃，现在都留给我的老婆吃。

如今，母亲头上的白发与日俱增，身体也没有了往日的挺拔。子曰："父母之年，不可不知也。一则以喜，一则以惧。"即将身为人父的我，更加真切地理解了母亲的不容易和母亲人格的伟大，儿子自有儿子的报答，祝福母亲幸福安康！

注：此文发表在《湖南日报》新媒体家教栏目上。

充满爱意的"博弈"

我和老婆是通过相亲认识的，她是一名高中数学老师。初次见面时她还是班主任，可以明显感觉到教师那种独有的气质，但没有觉得她有多么特别。随着时间的推移，特别是结婚后的长期相处，才真正发现她和我各个方面都"势均力敌"。正因为如此，生活中的"博弈"处处上演。

2024年6月，老婆怀孕快八个月了，她为了保持良好的身体状态，每天下午或晚上都会在小区里面转几圈。有一个周日下午，天空灰蒙蒙的，老婆有一种预感，要不了多久就要下雨了，为了趁着雨前完成今天散步的任务，便准备拉上我出门走走。出门前，我俩就因是否带伞产生了分歧，我认为雨应该不会下那么快，转两圈就回来，没必要带伞；但老婆认为还是要带伞，觉得很有可能会下雨，以防万一。在她的坚持下，我们带着伞出门了。两圈快转完的时候，雨还未下，于是我稍显得意地跟她说道："咱们上去吧，两圈转完了，没有下雨哦。"老婆看了看我，微笑着说："咱们再转一圈吧。"老婆的话哪有不执行的道理，于是我们又准备再走一圈，心想雨应该不会下这么快。好巧不巧，第三圈刚走完一半，突然下起了小雨，我极不情愿地打开了雨伞。走完第三圈回到家后，老婆骄傲地对我说："我的判断是对的，还好带了伞，不然会淋湿的。"此时的我只能一言不发，默默地接受这"残酷"的现实，赞扬她的"神机妙算"。

老婆喜欢吃辣的食物，像湖南的酱板鸭就特别喜欢。有一次我和她到她妹妹家玩，妹妹拿出了老婆喜欢的酱板鸭来招待我们，老婆便立马戴上了一次性食用手套准备大快朵颐。由于酱板鸭比较辛辣，孕妇不能多吃。她吃了一点后，我便义正词严地说道："老婆，你不能再吃酱板鸭了，吃多了对身体不好。"这个场面刚好被坐在沙发上的妹妹看到了，她略带崇拜地对我说道："姐夫，你好有威信。"我正准备扬扬得意的时候，老婆一脸不屑地又吃了几口酱板鸭，我的威信荡然无存。坐在一旁的妹妹看到我和老婆的表现，不禁捧腹大笑，哈哈哈地说道："姐姐，你是故意多吃几口来气姐夫的吧。"

虽然平时生活中的"博弈"老婆胜多败少，我基本处于下风，但智者千虑，必有一失，愚者千虑，必有一得。

一天晚饭后，我、老婆以及她妹妹两口子坐在一起闲聊。突然，我灵机一动，想到了一个赢老婆的好法子。由于妹妹妹夫特别喜欢吃夜宵，于是我便问了他俩一个问题，同时承诺如果他俩答对了，我请他们吃夜宵。他们毫不犹豫地爽快答应了。问题是："在我心目中，你们姐姐最大的优点是什么，可以猜十次。"为了保证问题答案的可靠性，我先把答案写在纸上。于是妹妹妹夫开始轮流猜测答案。他们猜的答案有善良、孝顺、聪明、勤快、单纯、专一等。可惜的是，他们都没有猜中。他们三人用诧异的眼神看着我，异口同声地问道："答案到底是什么？你是不是使诈了？"急不可耐地想知道谜底是什么。我不慌不忙地拿出纸条，白纸上写着三个大大的黑字——"眼光好"。他们看完答案后面面相觑、满脸鄙视，而我却像喝了蜜一样。

博弈可能是有输有赢，也可能是双赢，还有可能都是输。然而，充满爱意的"博弈"一定是双赢的。

野芹菜炒腊肉

外公去世后，很长一段时间外婆都是一个人住在南江镇上。记得大一结束的那个暑假，为了使外婆不孤独，我基本每天都去外婆家，边读书边陪外婆聊聊天。外婆每天都会精心准备中午的饭菜，外婆做菜的手艺不能说特别好，但很讲究，虽然只有两个人，但顿顿都有四菜一汤。然而，最让我难忘的是外婆做的野芹菜炒腊肉。

有一天上午十一点左右，我和往常一样以为外婆要开始进入厨房准备我俩的饭菜，但外婆面带微笑，非常淡定地跟我说："龙龙，你看书看了这么久了，我们去外面转转吧。"我毫不犹豫地答应了。

外婆带着我到她家后面昌水附近的田埂上来回穿梭，那块地当时并没有开发，没有鳞次栉比的建筑，只有一片片绿油油的良田。只见外婆健步如飞、四处张望，似乎在找什么东西，我在后面跟着满头大汗。突然，外婆在一个清澈的水沟面前停了下来，弯下腰摘了不少野芹菜，站在旁边的我闻到了一股清新的芹菜味，顿时感觉清爽不少。

在回外婆家的路上，我很好奇地问外婆："您摘这些草干什么用呢？"外婆耐心地跟我说道："这是野芹菜，咱们今天中午吃野芹菜炒腊肉，香着呢！"于是，我对中午的这顿平时从没吃过的"新菜"充满了期待。

到家后，外婆准备了一块半肥半瘦的腊肉，清洗干净后放入高压锅内，加水适量，盖上锅盖，上火熬煮。煮腊肉的同时，外婆先将野芹菜中老的叶子摘掉，然后用清水将野芹菜清洗几遍，目测洗净后将其切成小段用盐水浸泡几分钟，这样做是为了把野芹菜枝丫里残留的泥土去掉，接下来将野芹菜沥干水分备用。腊肉煮好后，外婆将其取出切成薄片备用。这样，准备工作基本到位，接下来就是炒了。

外婆将锅洗好后，开大火烧热油锅，放入切好的腊肉翻炒。当腊肉炒到肥肉部分变透明后加入野芹菜翻炒。由于外婆非常注重食品的健康卫生，很少放调料，加之腊肉有盐分，所以整个过程没有放任何调料。等野芹菜和腊肉翻炒均匀熟透后，外婆便关火将菜盛到碟子里。

大功告成后，外婆第一时间把菜放到我的面前要我品尝。我顿感香气扑鼻，里面夹杂着芹菜和腊肉的香味。我忍不住夹了一块腊肉往嘴里放，入口即化，味觉的爽感很快传至全身，不得不感慨，此味只应天上有，人间哪得几回尝！

研究生毕业后，我去了广州工作，每每在外吃到腊肉时，总会想到外婆做的野芹菜炒腊肉，那是我吃过的最好吃的腊肉。因为有野芹菜的香味，因为有外婆的手艺，更因为融入了外婆对我的关爱。

前几年，外婆几次独自在家里做饭忘了关火，老是说重复的话，经检查，外婆得了阿尔茨海默病。她的儿女不再放心她一个人居住，也不再让她做饭。

真的好想再尝一尝外婆做的野芹菜炒腊肉！

我的父亲

父亲是一个平凡的人，他做的每一件事都很普通，教书、做饭、孝顺父母、早起锻炼身体、喜欢喝点小酒、唱唱歌跳跳舞等。然而，对我而言，父亲是一个不平凡的人，他是最宽容我的人，他是到目前为止陪伴我时间最长的人，还能做出我最喜欢的饭菜。每当我坐到书桌前读书，他都会给我沏上一杯热茶。每当我去外地，他总会把我送到车站，目送我离开。最近几年，我发现父亲两鬓的白发开始增多，额头上也出现了皱纹，我才意识到父亲正在慢慢变老。今年父亲60岁生日的前一天晚上，我没怎么睡好，心里很不是滋味，因为我明白满了60岁意味着父亲即将步入老年生活。当然，我相信我的父亲一定能够长命百岁，我更相信有我们的陪伴，父亲的生活会欢声笑语不断，正如我去年结婚的时候他说："我要感谢我的儿子，谢谢你让我体会到了做父亲的快乐！"父亲是全天下父亲的缩影，祝全天下的父亲节日快乐、幸福安康！

这是在2023年父亲节那天，也是父亲60岁之后第一个父亲节，我在朋友圈里发的内容，深感父亲已经老了。《论语》里面讲："父母之年，不可不知也。一则以喜，一则以惧。"我的心情正如这句话，非常复杂。

鱼香茄子

2024年年假期间，因照顾儿子，父母妻子都很忙碌，为减轻父亲的负担，平时不怎么做饭的我接过了父亲手中的锅铲，掌了几天的厨。

做饭和做其他事情一样，道理都是相通的，很有讲究、很有乐趣、需要用心。就拿我做过的一道菜鱼香茄子和大家分享，特别的美味。

鱼香茄子本是川菜系中比较具有代表性的鱼香味型的名菜，但川菜的做法中并没有鱼的味道，而我做的是实至名归的"鱼香茄子"。具体如下：

第一步：准备食材；

主料：长茄子2个约400克、鱼肉1块、水煮鸡蛋1个

辅料：食用油、大蒜、葱、食盐、酱油、麻油、辣椒酱

第二步：将茄子切成条形状（不用去皮），用盐水浸泡15分钟，把大蒜切碎，把葱切成丝，把水煮蛋剥去外壳并捣碎；

第三步：锅放食用油，油不能太少，将鱼肉放入锅中小火煎熟，再将鱼块取出；

第四步：在上一步煎鱼所用的油中加入大蒜和第二步捣碎的鸡

蛋，并将火调大翻炒；

第五步：翻炒出蒜香味后，加入沥干水分的茄子，中火翻炒几下；

第六步：翻炒过程中加入适量食盐、酱油、麻油和辣椒酱，中火翻炒；

第七步：再放少量生水，再炒几下就用大火炒收汁，最后放葱丝翻炒两下，就可以上碟了。

父母、老婆尝了我做的鱼香茄子后，赞不绝口，既有鱼的香味，又有茄子的软糯，还有蛋黄的味道，实在是美味极了。听完他们的赞许，我心中美滋滋的。

笨小孩

"上帝为每一只笨鸟准备了一根很低的树枝，上帝也为每一个笨小孩准备了一位更笨的女孩。"

《笨小孩》这首歌记录了刘德华为了梦想执着奋斗的历程，可以说他越努力越幸运，最终成为娱乐圈超级巨星。我常常用《笨小孩》这首歌自我勉励。我的智商不高，情商也不高，但是我一直在认真做好自己的事情，学业上、工作上、情感上遇到过不少挫折，经历了不少失败，但我依然很幸运。今天的我已经为将来打下了一个比较厚实的基础，也找到了自己心爱信任的妻子。

数学情缘

我的老婆是一位数学老师，回顾找对象的经历，还真与数学有很大的缘分。找对象是一个求和的过程，看似简单却那么漫长。在广州列了不少方程，都是无解，哪怕有的人曾经无限接近却永不相交。数学归纳法告诉我，光有 π 的相思真诚是不行的，还需要正确的解题思路，回到家乡绝对值，找到了有且仅有的那个人，我相信这份爱情恒成立。

爱不完

2023年9月15日,老婆因身体不适到医院检查,发现自己是宫外孕,并于当晚做了微创手术。手术前后,我一直在旁照顾她。由于这是老婆第一次做手术,感觉手术伤口比较疼,她老是睡不着。身为丈夫,看着她的不容易,想到了歌曲《爱不完》的歌词,希望自己和老婆的感情能够细水长流,百年好合。

"知不知许多许多你的片段,令我爱一生都也爱不完……知不知一丝一丝你的注视,令我醉一生都也醉不完……知不知心中许多爱的说话,就算说一生都也说不完。"

真的喜欢

不知不觉已经结婚一年半了，老婆怀孕快五个月了。通过这一年半的婚后生活，我和老婆互相的了解越来越深，彼此之间更加信任，一起生活得更加默契。我不由心生感慨，最好的人还是留到了最后。读书期间，我没谈过恋爱，一方面是自己忙于学习，另一方面是自己在情感方面完全是个小白，错失了几次谈恋爱的机会。到了广州工作后，我前前后后相了几十次亲，认识了不少女孩，也遇到了自己喜欢的女孩子，但各种各样的原因一直没有结果。那时的我把感情想得太天真，认为自己真诚就一定能找到自己喜欢的女孩。现在回过头看，那时我对爱情的认识上有两个偏差：一个是真诚虽然是必杀技，但只有真诚加上其他有效方式，真诚才能发挥最大作用。另一个是对"喜欢"这个词没有深入地理解。以前喜欢一个女孩多半出于自己的想象，由于没有长时间频繁的接触，尤其是没有在一起生活，没有见过她的家人，使自己对女孩的了解很片面，自己喜欢的是自己想象中的她，而不是真实的她。这一点我婚后体会得更加明显。现在我对我老婆已经比较了解了，了解后仍然喜欢才是真的喜欢。

写给儿子的话

亲爱的儿子：

你好！2024年8月23日是父亲这一辈子永远不会忘记的日子，这一天你来到了人世间和我们相见了。当护士阿姨把你从手术房抱出交给我时，看着你清秀的脸庞，略显紧张的表情，我心中无比激动，喜悦之情溢于言表。喜悦倒不完全因为中年得子，而是看到了更多的希望、更远的远方，人生和家庭的重心会逐渐转移到你的身上。

你的降临，本身就有点儿传奇。2023年9月15日，你的母亲因身体不适到医院检查，发现是宫外孕并立即做了手术。一般来说，宫外孕后要想很快怀上孕是一件极难的事情。很幸运的是你母亲当年11月就怀上了你。当然，因为宫外孕手术的原因，身体没有完全恢复，你母亲在怀孕期间承受了许多的痛苦。后来生你是剖腹产，又动了一次手术。你的母亲为你所展现出来的坚强和母爱数次让我感动，相比而言，我做得就太微不足道了，不过你始终要坚信，父母永远是你最坚强的后盾，永远深深爱着你。

生下你之后，马上要做的一件事情就是要给你取名字。取名字说简单也简单，说难也难。

人到中年的我，经历了人世间的一些事情后，很多想法都发生了转变。如果是十年前，我可能会希望我的儿子将来是一个成功的人，但现在的我更希望你以后是一个头脑清澈、内心平静的人，所以给你取单名"澄"，全名李澄。

清澈、平静看起来简单，实则并不容易。

头脑清澈、内心平静的人要身体健康。好的身体是美好幸福人生的前提。希望将来的你注意饮食、注意作息、注意运动，茁壮成长。

头脑清澈、内心平静的人要以知识为底蕴。希望你热爱学习、勤于思考，将渊博的知识转化为自身的文化水平，将文化水平转化为为人为学的智慧。

头脑清澈、内心平静的人要有一颗平常心。希望你平淡地生活、平等地处世、保持平常的心态，不受名利摆布，不为情感左右，心平气和地面对周遭的一切。

头脑清澈、内心平静的人就是一个强大的人。一个人只有精神世界强大才能在现实世界中强大。头脑清澈是内心平静的前提条件，希望你拥有很高的学识水平、透过现象看本质的洞察力，更希望你心胸开阔，精神富足，意志力坚强。

我不禁想起了一个故事。

曾经有一位武士看见一位茶师的穿着很像武士，非要找他比武。茶师心中非常害怕，便向一位大武师请教。大武师对茶师说："你用泡茶的心面对他。"茶师若有所悟，就不着急了。

茶师和武士约好时间相会后，武士很嚣张，当时就拔出剑来说："我们来开始比武吧。"

茶师微笑地看定了对方，不慌不忙地把头上的帽子取下来，端端正正放在旁边，然后解开身上的外衣，慢慢叠好，放置在帽子下面。接下来，他一点一点地装束自己，一直气定神闲，而这个武士却越看越感到害怕，因为他不知道茶师的武功有多深，心虚了起来。

等这个茶师装束全部完成，拔出他的剑挥向了半空，然后大喝一声，停在了那里。

这时，那个武士跪在了茶师面前，请求茶师放过他，嘴里说道："你是我这一辈子见过的武功最厉害的人。"

儿子，从这个故事可以看出，面对成长中的烦恼，面对复杂多变的社会环境，面对各种各样不同的人，头脑清澈、内心平静有多么重要，希望你拥有澄澄的人生。

你的父亲

2024年10月1日

追求卓越

2021年9月1日早晨，时隔多年后我发表了一条朋友圈，内容如下："不忘初心！人生在世，俯仰之间，自当追求卓越，但有尽其所能。"

"人生在世，俯仰之间，自当追求卓越，但有尽其所能"这句话，是我的好友、高中同学李某某在我大一的时候和我说的，从那时起我一直记在心中，以李某某为榜样，努力奋发、追求优秀。这句话对我的激励是非常大的，大学期间基本以这句话为我的座右铭，那时我不仅学习成绩比较优异，而且天天与书为伴，乐于和优秀的人为伍。经过几年的努力，我以较高的分数顺利考上了湖南大学结构工程的硕士研究生，较好地完成硕士期间的学业之后又考上了广州市天河区的公务员。参加工作后，仍然保持积极向上、追求卓越的干劲，通过人才引进，商调进入广州市市一级的机关。

由于我是父母唯一的孩子，却在外地工作，每年与他们难得见上几面，他们很想我回到家乡平江工作。在和我多次交流后，我答应了父母，并向平江县委组织部提出了调回平江工作的申请。经过一段时间的等待，县委组织部综合考虑各方面因素，并以人才引进的方式将我调回了平江，安排在安定镇工作，那时是2020年6月。

回到平江后,我非常迷茫,毕竟从一线大城市到乡镇,从厅级单位到科级单位,加之又没有成家,对工作提不起太多的精神,没有了往日的雄心壮志,消沉了很长一段时间。

2021年8月31日的晚上,我辗转反侧,一直睡不着,总觉得这样工作生活下去会一事无成,与自己的初心格格不入,必须做出改变。于是第二天早晨发了一条朋友圈,表明自己仍将朝着追求卓越的目标继续前进。

李某某是我非常要好的朋友,我经常和他交流思想。他的文章、他的观点给了我很多启发,特分享李某某写给我的两封信。

第一封信是他2008年11月1日通过电子邮件发给我的,原文如下:

胖子:

希望你在打开这些发给你的邮件时,不要觉得麻烦。呵呵……说真的,我给你介绍东西的方式间接地向你强加了我的价值观,我并不是很希望把我的思想强加在你的身上。从昨晚和你的交谈中我还是比较清楚我们之间的兴趣爱好是有一定差异的,比如说你比较喜欢感性的东西,而我却喜欢理性能做出完美解释的东西。

我觉得只有自己通过慢慢探索,你才能知道自己到底需要的是什么,希望汲取的是什么。我能提供给你的是带有我的兴趣爱好的东西。我向你提供的这些资料是我平时觉得感触挺深的一部分知识。就拿我来说,我喜欢透彻地了解某物。最开始来北航,我觉得图书馆能给我带来广阔的知识面,心里总是想把图书馆的书看完,其实是不可能的。我学的是飞行器总体设计,是设计飞机的,最开始我一点也不了解飞机以及这个专业到底怎么样,我就喜欢去图书馆借许多关于介绍飞机的书看,慢慢地觉得飞机挺好玩的。由于飞机可以是客机也可以是战斗机，所以我慢慢地喜欢上了军事，尤其是对里面的一些国与国之间的博弈特别感兴趣。因为我看多了这类书，渐渐觉得生活到处充满着博弈、到处充满着矛盾，所以我又开始看一些关于博弈的书。军事方面需要博弈的思想，同样，经济方面更是离不开博弈的思想，所以我开始对经济方面的内在知识进行琢磨，毕竟经济基础决定上层建筑。军事政治经济是一体化的，经济里面很多的知识能给我很大的触动，包括怎么经营怎么操纵金融怎么去实现发展。同样，经济管理能够告诉我一些CEO的为人处世和人格魅力，怎样去培养自己的人格。同时，读史能使人明智，我希望你多了解一些历史事件，不是说要你去记一些大概的历史事件，你要弄懂一些重大的历史事件的前因后果，比如，苏联为何垮台，1997年的金融危机是怎么回事。我就喜欢去看有关这方面的书。另外，我觉得搞设计就应该具有想象力，所以我也经常看一些培养思维和想象力的书。

我绝对会为祖国的利益而奉献许多，也许是我这两年大学的生活学习带给我的最大感受。我以前不怎么想在我们这个专业读下去，但我后来发现我应该好好在设计飞机这行干下去，我也想以一个专业的技术人员为标准去努力奋斗。在大学里，我觉得培养能力最重要，学习能力是大学里面最重要的能力。要别人抬高你，你必须有让人觉得信服的能力。同样，我们自己有时也会对那些不如自己的人不屑，对吧！

对我来说，我需要陶冶情感；而对你来说，你需要理性点。好好利用你的电脑，好好利用学校的图书馆，多拓宽与自己专业无关的知识。记得给自己自信哦！在对生活学习比较苦恼的时候，就要适当找一些自己感兴趣的事情做。在运动方面，我觉得你应该好好锻炼一下，那样可以让你更健壮。比如游泳，能在大学学，就要抓紧，参加工作了就没有机会了。

如果你需要哪方面的东西，我能帮忙的肯定帮忙！对于上网找资料，我可以教你一些技巧！我很希望和你聊聊关于理想、学习和职业的问题，当然爱情方面的问题我也是可以聊聊的，呵呵……我和许多同学聊过天，感触挺深的。

第二封信是我读研一的时候，我对导师研究的方向不是很了解，而李某某是学航空航天的，对数学力学非常了解，特发邮件向他咨询，他于2011年11月2日通过电子邮件回复了我。原文如下：

龙哥：

对于第一个课题，我本科毕业设计做的就是一个结构激励的非线性识别方法，主要是提出一种新颖的理论算法，然后借一个简单的例子证明这种算法的有效性。一般的问题都是正问题，即由外界激励，比如力等对物体加载，得到位移；而识别问题，基本上都是由测到的位移识别出加载的力的位置和大小。我看这第一个和我做过的差不多，这个对数学理论、编程水平要求较高，当然，识别理论看你们老师是否自己提出了比较独特的识别方法。如果不是你们老师自己提出来的理论，做起来是有难度的，否则就相对容易多了，而且容易出成果。你要看我的毕业设计的话，我可以发给你。需要看的书有《理论力学》《振动力学》《结构力学》《算法编程》《数学知识》等。

对于第二个课题，我没有做过这方面的工作。这是做损伤识别的，以前和我同做毕业设计的同学做过，也是基于理论算法的。好像你这个应该要通过做实验得到实验数据来研究温度的影响规律，当然识别原理肯定要研究的。压电陶瓷属于智能材料，我研究生时上过一门课"飞行器智能材料"，也主要是讲压电陶瓷的，但通过阻抗原理来识别不太了解，而且我不太了解这种材料在结构的应用普及程度。对于航空航天系统，智能材料理论研究还行，但实际应用非常难。需要看的书有《智能材料（压电陶瓷）》《材料力学》《损伤力学》《结构力学》《数学知识》等。

对于第三个课题，基于压电陶瓷的损伤定位，我上过一门叫"声发射技术"的课，也是一种损伤定位，是基于声速在物体的传播时间长短差来确定声源的位置。你这个是通过应力波来测量，应力波知识较为复杂，王礼立写的那本书相当有深度，但相当难，提出了相关理论，我觉得应该还要通过做实验来验证这种识别方法的有效性。这个工程应用上还是比较实用的，对于许多建筑结构要检测损伤情况，对损伤定位是必须的。另外，要做实验吧！如果有理论的话，加上实验比较好发文章，和第一个课题有相似之处。需要看的书有《智能材料》《损伤力学》《结构力学》《应力波基础》《数学知识》等。

对于第四个课题，被动减震技术在工程中运用得非常多。许多结构都要进行减震设计，这个需要好好学习《工程振动》及类似的书。我学习过这方面知识，但我没深入研究过。在航空航天方面，减震非常重要。在建筑方面，也应该非常重要。如果你想研究工程点的话，这个课题还不错，但要做好做实验的准备。需要看的书有《工程振动》《材料力学》《塑性力学》《结构力学》《理论力学》《数学知识》等。

我觉得，如果你喜欢钻研理论的话，选第一、二、三课题中的一个都还行，我比较倾向于第一和第三课题，可能我比较熟悉。第三课题的应力波基础是我研究的重点。前三个课题都是属于力学反问题，都需要理论支撑的。讲研究的难易程度，我不太清楚，取决于你导师擅长的方面以及你师兄在这方面做过的工作。前人的指导会对自己的帮助非常大。如果你想贴近工程点，第四课题是个不错的选择，这个课题研究的人应该也相当多，发文章难易可以参考你师兄的情况。

如果你只想工作的话，考虑第三、四课题还行。如果考虑以后要读博士，我觉得你就凭你现在的兴趣，或者你想上博士的专业，找个贴近兴趣或者上博士专业的课题做比较好，容易上手。前三个课题性质差不多，就是你只要弄懂了一个，其他两个的研究难度就非常小了，力学反问题是现在力学界的热门课题，类似于结构可靠性分析，理论支撑非常重要，否则很难做深入。你先问问你们导师擅长什么，是损伤识别，还是减震技术？损伤识别又是哪一块比较厉害？是阻抗还是应力波？还是非线性动力系统？另外，做实验的话耗时比较辛苦，但有数据发文章相对容易点；而数值仿真方面编程较麻烦，但相对轻松，而且可以学到编程技巧，不好的是数值仿真可信度不是那么高。

单单一个研究生的话，学到的东西真的不多，我的观点是，将导师最核心的理论学到手，顺便把师兄的研究弄透彻，加上做自己最感兴趣的方向（也基本上是比较好找工作的方向），基本上就可以了。我对我们导师的本构理论弄得很精通，所以许多本构方面的构建的事情都交给我，这就是优势。因为老师接的项目也主要是自己的强项，对这些项目的分析和写论文肯定是少不了导师的强项。所以，我觉得你可以考虑直取重点，选择老师的强项，将它弄得非常精通，会给自己带来很多便利。当然，这是在自己没有多少主观意向的情况下可以考虑的。

可以说，李某某扎实的学识功底、深邃的思想和敏捷的思维对我的成长产生了极其深远的影响。

从负开始

大学时期，我经常会进入亲朋好友的QQ空间浏览，以增加对他们的了解。后来随着微信的普及，用QQ空间的人越来越少。前些天，闲来无聊，我进入了我的QQ空间看了看，又看到了好友奇奇情深义重的留言，心中感慨万分，勾起了我对复读期间的许多回忆。

奇奇留言如下：

龙飞，很久都没有和你进行推心置腹地交流了。那次到理工去，和你待的那个晚上，咱们交流后，我真真正正地发现你现在是个相当有思想水平、有战略眼光的家伙。其实，在楚才你就是这样的，我看得出来，我更是深深地体会到了你这一点！

相当聪明的你，是我结识的一位很要好的同学、朋友，我的一个好榜样。在我眼里，你是一个好人，能言善道、能屈能伸、敢想敢做更敢当！

这辈子，我能和你从认识到结识，到相知，是我的福气啊。奇奇我从来没有给过你什么帮助，却总是要麻烦你。生活上、学习上、思想上、为人处世上，你都是毫不犹豫地对我伸出你的援手。我很清晰地记得我们在高四那一年来的点点滴滴，我更是忘不了你曾经对我的指导和帮助。分开后，尽管我们不是经常联系，但是我们的友谊是常青树。

现在步入社会，一个人真的很难，但是我在不断地鼓励自己，很严厉地要求自己要上进，要不断地学习，要一步一个脚印地实现自己的理想。因为我的世界里有你们这些要好的朋友、兄弟的支持和鼓励！尽管自己没有在高考独木桥上面走得很好，或许是由于质量还没有你那么高吧，其实应该是基础和实力跟你们相比还差很多。然而，我是个不肯轻易放弃自己的人，我一直都在为自己鼓劲，一定要更加努力地学习，去赢回以前没有抓住的机会，创造更多靠近自己理想的机会。我在努力做，我也相信一定能实现自己的人生理想。

以后，有什么创新和新发现、思想上面的新看法和对社会的新认识，一定要互相交流一下哦，没有时间没关系，等你闲下来的时候，给我留个言就行啦！

奇奇想到这样一句话，咱们在以后的日子里共勉：不成功的人成功是暂时的，成功的人不成功也是暂时的。

2006年，第一次高考失败了，没有考上我心仪的大学。辜负了亲人朋友们的期望，也浪费了光阴，觉得非常耻辱，决定把自己的QQ名改为"从负开始"，始终把自己当成一个负数，奋发图强，以此明志。

虽然复读那年学习压力很大，但同学们的情谊还是很深的，生活也是有滋有味。

那时的复读学校处于县城的郊区，周边没什么商铺，学校小卖部能够买的东西很有限。于是，门口摆摊的茶叶蛋便成了我们的首选。几乎每天晚自习下课的时候我都会去买一两个享受一番，特别是冬天，热腾腾的茶叶蛋驱赶了寒意，也缓解了压力。

复读那年的同桌远威非常喜欢买《环球时报》，在他的带动下，以他为中心，半径3米范围内的同学都喜欢上了看《环球时报》。有时候，大家会为早点看到最新的《环球时报》争来争去。远威索性把报纸"大卸八块"，一人一次看一小部分，看完后再进行交换。不得不说，远威很有"经济"头脑，"打散"的报纸"流通"得更快了，满足了大家的需求。

生活悟语

盛夏的果实

高考结束之后，学子们又进入了紧张的择校季。虽然现在不再像以前那样"千军万马过独木桥"，但好学校的竞争依然激烈。看着那些高中学子的青葱脸庞，我不禁想起了一些往事。

高中复读阶段，同桌张远威每次下课老是哼着一首歌，听了一年后，我也会唱了。这首歌就是莫文蔚演唱的《盛夏的果实》。

说实话，那时虽然听了无数遍，但的的确确因为年少，见识太少，不知道歌名和歌词的意思。最近我又听到了这首歌，通过对歌词的反复琢磨，终于明白了其中的深意。

《三国志》里面讲"春华秋实"，指的是春天开花，秋天结实，这是自然界的普遍现象，因为大多数植物的果实到了秋天才会熟透。由此，我觉得所谓盛夏的果实，其实就是没有成熟的果实，就像青苹果，有点酸涩，也可以说是不成熟的爱情。不论是哪一种，都有一些共同点，虽憧憬美好，但也懵懂、任性、不知妥协等。

日本著名作家村上春树曾在他的作品中写道："我动了离开你的念头，不是因为你不好，也不是因为不爱了，只是你对我的态度让我觉得你的世界并不缺我，其实我可以厚着脸皮再纠缠你，但没有任何意义，因为和你在一起使我的状态不好，会激发我的脆弱焦躁和极度不安，会不断吸引出我人格里最不好的一面，与其和你在一起互相消耗，不如就算了吧。"村上春树的这一段话其实就是在描写盛夏的果实。但人和植物毕竟还是不一样，植物的果实在盛夏摘了就难以成熟了，而人经历了"盛夏"这个阶段并非坏事，相反，更有利于成长，遇见成熟的爱情。

我想起了一个故事。

曾经有一位胖男孩在一次交友活动中，喜欢上了一位各方面都非常优秀的女孩。那个男孩因为肥胖有点自卑。为了使自己的外观配得上人家，他利用两个月的时间骑自行车在城市穿梭，减掉了40来斤，最终瘦了下来。但可惜的是，他被女孩告知，她喜欢的是胖胖的他。

或许以常人的眼光来看，男孩追逐爱情失败了是一件很丢脸的事情。但对他而言，失败反而激发了他无限的斗志，使他产生了对人生挑战的欲望。

通过这件事，他也成熟了，他明白了成熟的爱情是不解释、不追问，是心照不宣、细水长流。

现在回过头想，张同学是很有智慧的。我想他应该是把我们这种经历过高考失败的复读生视作盛夏的果实，那时我们的学识水平是达不到自己心中理想大学的要求的。复读班的同学中，现在很多都已经取得了不小的成绩：志哥攻读美国博士毕业了，亮哥中山大学博士毕业后进入了工信部直属单位，之泰成了国际著名企业的骨干……经历了炎热的盛夏，大家终于摘到了成熟的果实。

慢慢地，我也不是那"盛夏的果实"了。因为我在看透了生活的真相后，依然保持对生活的热爱和追求。

注：此文发表在《岳阳晚报》上。

名字的意义

不管是中国还是外国，古代还是现代，人们都非常看重名字。不少人认为好的名字代表着家庭的智慧，也在一定程度上影响着个人的运势。暂且不说名字对人命运的影响，但认真琢磨每个人的名字确实挺有意思的，寄托着长辈对新生儿、对未来、对国家等美好的期待。

苏轼、苏辙是苏洵的儿子，三人皆在"唐宋八大家"之列。苏轼和苏辙的名字是苏洵取的，"轼"是车的扶手，"辙"是指车轮印。苏洵写过一篇《名二子说》，来解释苏轼、苏辙名字的由来。

对于苏轼，苏洵写道："轮、辐、盖、轸，皆有职乎车，而轼独若无所为者。虽然，去轼则吾未见其为完车也。轼乎，吾惧汝之不外饰也。"大概意思是希望苏轼像车的扶手一样，低调做人、谨言慎行。

对于苏辙，苏洵又写道："天下之车，莫不由辙，而言车之功者，辙不与焉。虽然，车仆马毙，而患亦不及辙，是辙者，善处乎祸福之间也。辙乎，吾知免矣。"大概意思是希望苏辙不忘初心、淡泊名利。

苏轼和苏辙的名字由来和苏洵的命运有很大关系，寄托着他对两个儿子的期待。

我南江老家的邻居有三兄弟，老大叫新国，老二叫建国，老三叫强国。那时没细想，现在发现这三兄弟的名字取得真好，寄托着他家对新中国繁荣昌盛的期望。

除此之外，取名字要考虑的东西真的很多，像字的含义、出生地、生辰八字、五行等。生活中比较常见的名字有很多。例如"灵"的含义为聪明，"浩"的含义为广大，"玥"的含义为古代传说中的一种神珠，"豪"的含义为才德智能出众者等。

小时候，我不是很喜欢自己的名字，觉得过于简单，既好写又好懂。长大后我才发现，我的名字并不简单。

我的名字是原冬塔中学校长何校长取的，何校长曾为地方教育事业做出了巨大贡献，直接或间接培养了大批人才。他本人可以说对中国传统文化非常了解，尤其对《易经》特别熟悉。

最近研究了《易经》，我大概知道了我名字的由来，不得不佩服何校长的智慧。《易经》里面讲"飞龙在天"，其实"龙飞"比"飞龙"更好，更持久。

不管这个名字对我的命运有没有积极的影响，但我已经喜欢上了我的名字。当别人叫我的名字时，我心里总是美滋滋的。

忧乐善

2022年元旦过后的一个晚上，我独自在颐华城学府里西苑的院子里散步时想到一副不是很工整的对联。上联是"谋生、谋身、谋声"；下联是"至忧、至乐、至善"。

上联："谋生"的意思是设法寻求维持生活的门路，这是人活于世比较低层次的目标，满足于温饱，这也是更高层次目标的基础。"谋身"的意思是为自己的将来打算，不仅要追求物质上的富足，更要实现精神上的充实和成长。相比谋生而言，谋身并不满足于现状，而是谋求更长远的发展。"谋生"和"谋身"都是从自身的角度出发来思考问题，奋斗的目的都是自己生活得更好。但"谋声"的意境则是明显高于"谋生"和"谋身"，它不再只寻求一己之利，而是把追求群众的幸福放在自己幸福的前面，实现了群众的幸福也就实现了自身的目标。

下联："至忧、至乐、至善"是对"谋声"的进一步解释。忧乐情怀是儒家文化的重要精神。历代思想家、学问家在不同历史条件下，拓展和深化了儒家忧乐情怀的内涵。一方面，"忧"从"忧个人""忧政"升华到"忧民""忧国""忧天下"。道出了历代学者对家国、对黎民的责任与关爱。另一方面，"乐"从"父母俱在、兄弟无故"的天伦之乐发展到"仰不愧于天，俯不怍于人"的为人之乐，再到"得天下英才而教育之"的"得道"之乐，直至"乐以天下"的至乐。范仲淹是忧乐情怀的集大成者，"先天下之忧而忧，后天下之乐而乐"成为对忧乐高尚境界的经典表述。至忧与至乐的关系在《范仲淹文集》和彭时代发表在《人民日报》上的《治学当有忧乐情怀》中阐述得非常清楚。这里我需要说明的是：忧乐情怀中的"忧"不是悲天悯人的感情宣泄，而是超越一己利益得失的担当精神、进取志向、整体观念、忧患意识；忧乐情怀中的"乐"也不是满足个人物质欲望的快乐，而是一种乐观豁达的处世态度，一种先苦后甜、先人后己的成就感、责任感。从"忧以天下"的至忧到"乐以天下"的至乐，反映了历代思想家、学问家善待天下的至善良好品行。"至忧、至乐、至善"其实是一个逻辑的整体，读书人有了至忧的进取担当才会有至乐的幸福，才能体会至善这一人生高境。

九通

最近一个朋友要我帮忙执笔写一篇文章，当被问到我的笔名的时候，一时间竟无法回答，因为我没有笔名。思考片刻，觉得用"九通"这个名字可以，以此作为我一生奋斗的目标。事情要从13年前的这个时候说起，那时我和表弟到外地旅游，有幸得到一位资深学者长辈的指导。长辈说读书要在"通"字上下功夫，认为读书人要朝着"六通"的境界不断靠近。通过13年的学习实践，我发现越学习离"六通"的目标越远，唯一有进步的是我更深刻地理解了"六通"并将其进行了一定的发展，形成了"九通"。"九通"就是打通儒释道（传统文化）、打通近古现（时间）、打通中西东（空间）、打通中英计（语言关，包括计算机语言）、打通音体美（艺术、体育）、打通文理工（学科）、打通文史哲（人文）、打通天地人（自然科学与社会科学）、打通学思行（知行合一）。

学无止境

学无止境！勤学如春起之苗，不见其增，日有所长。辍学如磨刀之石，不见其损，日有所亏。

2021年9月1日早上发完"人生在世，俯仰之间，自当追求卓越，但有尽其所能"的朋友圈后，我一直在思考如何追求卓越。晚上，我发表了第一段内容的朋友圈与早上的内容对应。

那时我已经33岁了，还是乡镇一名普通的四级主任科员，并且对乡镇工作还没有完全吃透，和领导的交流甚少。想了一天后，我觉得我的出路还是在于发挥我的优势，喜欢读书思考、喜欢实践、喜欢总结，并认为达到自己的人生目标还有不少时间去努力奋斗。

同时，读书实践需要一步一个脚印，日积月累，从而达到量变到质变的效果。当自己的学习境界、理论水平、实践能力达到一个新的高度后，我追求卓越的目标自然也会水到渠成。另外，学习无止境，自己始终要保持一个小学生的心态，甚至从"负"开始，一直向上，一直向前，直到生命的尽头。

为学和为人

在湖南大学就读期间,我经常独自到岳麓书院游玩,里面有一副对联让我印象深刻,即"合安利勉而为学;通天地人之谓才"。

这是岳麓书院(母校湖南大学前身)赫曦台中的一副对联。虽然读书期间多次前往岳麓书院参观,但很多对联我是没有参透其中意思的。第一次看到这副对联,了解到其源自湖南大学原校长钟志华的演讲稿,便产生了兴趣。弄懂了其中含义后,更是觉得此对联有着极其重要的教书育人思想。

这副对联是由清代进士、曾任湖南巡抚的左辅所写。上联的"安利勉"出自《中庸》,意思是践行五道三德的做人道理时,有的人心安理得地去做,有的人为了名利才去做,有的人勉勉强强地去做,等他们做到了,都是一样的了。此联是想告诉学生:不论你的初衷如何,如果能够将"安利勉"三种情况融会贯通,孜孜不倦地潜心治学、勇于实践,最后都能取得成功。

下联的"天地人"出自《周易·系辞》,该书是先秦儒家认识论和方法论的集大成。《易经》里面讲天道、地道、人道,反映的是天命。通俗一点讲,天道和地道就像现在的自然科学,人道就像现在的社会科学。所谓"通天地人"其实就是从哲学角度来看待世间万物。

下联中的"通"字有精通、变通、开通之意，意在希望国家的人才和栋梁能够与时俱进、学以致用。同时，该联也蕴含着岳麓书院育人的理念，只有精通"天地人"三者的道理和之间关系的人才能算是真正的人才。

上、下联虽然讲述的是人才培养的不同角度、不同方式，但殊途同归。作为曾经湖南大学的学生，时时刻刻当以这副对联为自己治学的标准，守正创新。

静夜思

静者心多妙，飘然思不群。夜深真的太适合读书思考了，虽然至亲一再提醒我，睡太晚不利于身体健康，但学问的魅力实在太大，无法抗拒。我国著名学者王国维论述过治学的三种境界。第一种境界是"昨夜西风凋碧树，独上高楼，望尽天涯路"；第二种境界是"衣带渐宽终不悔，为伊消得人憔悴"；第三种境界是"众里寻他千百度，蓦然回首，那人却在灯火阑珊处"。通俗点讲，首先，读书要有"望尽天涯路"那样志存高远的追求，有耐得住"昨夜西风凋碧树"的清冷和"独上高楼"的寂寞，静下心来通读苦读；其次，要勤奋努力、刻苦钻研、舍得付出、百折不挠，下真功夫、苦功夫、细功夫，即使是"衣带渐宽"也"终不悔"，"人憔悴"也心甘情愿；再次，要坚持独立思考、学用结合，学有所悟、用有所得，要在学习和实践中"众里寻他千百度"，最终"蓦然回首"，在"灯火阑珊处"领悟真谛。

最大的选择

一年一度的高考即将拉开帷幕，当年在一中学习的场景时刻萦绕在脑海、浮现在眼前，久久不能入睡。毫无疑问，高考是非常重要的，它在一定程度上影响着人生的走向，但这些年的阅历和经历告诉我，它并不是最重要的。人生最大的选择不是高考，更不是中考、公务员考试、研究生考试，也不是找个好对象、有份好工作。人生最大的选择是做一个怎样的人。做一个勇往直前、知难而进、坚持到底、敢于直面人生挫折的人；做一个勤于修身、学养丰富、勇于实践的人；做一个进则尽忧国忧民之诚，退则处乐天乐道之分的人；做一个狼性佛心、大节不亏的人；做一个"莫听穿林打叶声，一蓑烟雨任平生"的人。

两个境界

"悟道修行就两个境界。一是看透这个世界，二是看透这个世界后爱这个世界。"

上面这句话是我在看完一位上海复旦大学哲学教授的视频后想到的。第一个层次"看透这个世界"。随着年龄的增加，人们的阅历和经历开始丰富，有的人会发现这个世界不如书本中描写得那么美好，会看到人性的许多弱点，例如人的自私贪婪无知等；也会看到社会的不完美，例如法制的不健全，追逐利益不择手段等；还会感受到认识世界、人生是一个比较艰辛的过程。只有对立统一地看、透过现象到本质地看，才能更好地了解这个世界。第二个层次"看透这个世界后爱这个世界"。说实话，从第一个层次跨越到第二个层次的确很不容易。第二个层次表明有的人虽然知道这个世界是不完美的，但是认为这是合理的，并愿意接纳这个世界，爱这个世界，乃至去努力改变这个世界。

第一代移民

看了叶璇《我奋斗了十八年，才和你坐在一起喝咖啡》的视频后，我感慨万分，北上广深的第一代移民都是很不容易的。想到自己也曾经是一个"广漂"，那种辛酸和苦楚一下子涌上心头。

2014年11月，我踏上了去往广州的高铁，这是我人生第一次参加工作。那时的我无比单纯，也怀揣着美好的梦想。到了广州后，租房、乘地铁、在大城市里面游荡成了我生活的日常，虽然我依然保持着夜晚读书的习惯，但是读书的心态已经悄悄发生转变。

一直以来，老是觉得大城市的一切都是美好的，高楼林立，商品琳琅满目，人们形形色色。生活了才知道，大城市的老百姓更加忙碌、更加精明，相比之下，幸福感就低了不少。记得我刚到广州时，还是试用期公务员，一个月的工资就3000多一点，而房租就差不多1500，加上水电费就超过了月收入的一半。加之在城市穿梭，交通费也占了不少。剩下的一点点钱才能用于生活，过得非常拘谨。

本想着转正后工资高点能够过得舒坦一些，但是迫于房价上涨的形势，我和父母商议决定在广州贷款买房，那时的我一个月的收入除去房租和房贷只剩下几百元。如果说以前没钱了还可以找父母要，但那时根本不可能，因为买房父母也欠下了巨额的债务。那时我经常在华师的食堂吃饭，一方面是为了省钱，另一方面也是出于卫生。现在回过头看，我真不知道自己是怎么挺过来的。记得我常用"贤哉，回也！一箪食，一瓢饮，在陋巷，人不堪其忧，回也不改其乐"来勉励自己，充实自己的精神需求。

现在回过头看，我还是挺感谢广州的，给予了我见识，给予了我成长，也给予了我不少情感。

种菜

冬日暖阳，惠风和畅，江水滋润，绿色环绕。

2023年的最后一天，阳光暖人，微风吹得人非常有精神。我心情大好，和父母一起到汨罗江江边的菜地劳作，看着绿油油的菜叶，不禁感慨汨罗江水发挥着巨大的作用，它滋润的岂止是树木、菜叶。

著名作家余光中先生把汨罗江美誉为"蓝墨水的上游"。余先生也许觉得，屈原是中华文化的代表，汨罗江是中国文化的源头，于是用"蓝墨水"作比兴，赞美屈原，赞美汨罗江。暂且不论"蓝墨水"能不能代表中国文化、能不能代表屈原，但足以说明汨罗江是一条蕴含文化气息的河流，屈原是位了不起的诗人。对于屈原的《离骚》，司马迁说："虽与日月争光可也。"而《离骚》的一切均发生在汨罗江流域。能够生活在汨罗江边，我何其有幸。

家园

记得6年前在连州扶贫的时候,刘欢、宋祖英合唱的《家园》是我听得最多的歌,时常勾起我对家乡的思念。连州物产丰富,山山水水生机勃勃,连州的老百姓可敬可爱、淳朴善良,但整体生活并不宽裕,有一些还在贫困线上挣扎,这和我的家乡是那么相似。3年前,一事无成的我、踌躇满志的我、一脸彷徨的我回到了我的出生地,我生命的原点。三年来家乡的怀抱已经温暖了我冻裂的期盼,我充分享受了这自由的天地、自由的家园。英国诗人雪莱说过,过去属于死神,未来属于自己。我仍将无休止地朝着心中所爱前进!

《家园》是电视剧《闯关东》的主题曲,歌曲中的内容和电视剧的情节完全吻合。连续剧《闯关东》反映的是"从清末新中国成立前,迫于生计的大批华北穷苦百姓闯荡到关东谋求生存的这一规模巨大的移民现象"的历史。"关东"是指山海关以东的东北三省地域。它充分表现了几个不同历史时期的人生、人性、人情以及民生、民俗、民心的真实状态。通过对朱开山一家闯荡历程的追踪,生动诠释了他家从小业到大业、从小人物到大英雄的巨变,讴歌了自强不息、艰苦奋斗、勤劳勇敢、百折不挠的民族精神。

青玉案·元夕

记得2018年3月看完陈彼得在央视1套《经典咏流传》的表演后，被他这种老当益壮的精气神、潜心把音乐和古诗词结合起来的艺术执着追求和拳拳爱国之心所感染。《青玉案·元夕》这首词表面写的是元宵盛况，实际上抒发了作者辛弃疾的壮志未酬和对现实的不满。但陈彼得的演唱从另一个维度解读了这首词，"花千树、星如雨、宝马雕车、凤箫声动、玉壶光转"等繁华景象象征着他对当今盛世中华的肯定。整首歌旋律激昂向上，很难想象演唱者已经是一个70多岁经历了中华大地沧桑巨变的老人，或许只有那个年代的人才知道当今祖国的强大、人民的幸福是多么来之不易。通过对陈彼得的了解，我发现他是一个了不起的音乐家、了不起的中国人，并且在广州市番禺区丽江花园小区开了一家饮食店。怀着对强者的敬畏和学习的心态，那时我不止一次前往丽江花园寻找陈彼得先生，想当面向他请教一些问题。很可惜，他的店已经没有营业了，一直没有碰面，但不觉得遗憾。而今又到元宵节，6年过去，可我还是一点都没变。子曰："唯上知与下愚不移"，我应该属于下愚那一类。众里寻他千百度，蓦然回首，那人却在灯火阑珊处。

十五的月亮

第一次听《十五的月亮》这首歌是在20世纪90年代的一个晚上,二伯喝醉了酒,一个人在老家的院子里深情地唱着。歌词虽然简单明了,但情深义重,反映了20世纪80年代的青年男女报效祖国、热爱家乡、艰苦奋斗、阳光开朗、积极向上、憧憬美好未来的精神面貌。现在网上很多人都在怀念20世纪80年代,那个年代迎来了改革开放,国家百废待兴。青年人朝气蓬勃、蓄势待发、吃苦耐劳,不计较个人得失,把个人的前途发展和祖国的命运结合起来。

最近几年,以二伯、父母为代表的20世纪80年代的青年人已经逐渐老去,从工作岗位上退休。观察他们退休后的生活,发现他们依然充满朝气,依然年轻。

母亲从单位退休后,她的教育情怀丝毫未减。每次刷视频刷到数学题目时,总会拿着纸笔演算一番。有一次刷到一个小学奥数难题,年满六十的她钻研到凌晨三点多,直到把它做出来才肯睡觉。她在小区散步看到小朋友总会和蔼地和他们打招呼、交流,向他们了解学习成长方面的情况。当发现他们的言语行为不恰当时,总会耐心委婉地指出来,悉心教育。她时刻关注着平江教育的发展,虽然她已经离开了教师岗位，但平江教育界的新闻她却耳熟能详，并经常和我们聊起她工作时的往事和对教育发展的想法和建议。

岁月可以在母亲皮肤上留下皱纹，却无法为她的灵魂刻上一丝痕迹，因为有一个无线电台始终矗立在她心中，捕捉着每个乐观向上的电波，传播着美好和希望。

年轻跟年纪无关，它是心灵中的一种状态，是头脑中的一个意念，是创造潜力，是一股勃勃的朝气。希望父母这一代人永远年轻！

前途

　　山重水复疑无路,柳暗花明又一村。莫愁前路无知己,天下谁人不识君。

　　注:这是我在研究生期间考上广州市天河区的公务员后,将两首诗整合到一起的诗,表达了我对前途未卜的担忧,但充满信心面对一切、战胜一切的决心。

春秋

秋风何曾扫落叶,化作春泥更护花。

注:这句诗是我在广州市总工会工作期间,对一位女孩子很有好感,但女孩对我并不是很感冒的情况下所作。诗词的意思是,虽然恋爱的失利确实有点狼狈,就像秋风扫落叶一样,但是我没有悲观,没有认为这是秋风在扫落叶,而是积极地看问题,认为落叶可以为来年鲜花的盛开补充养料。意思是虽然这次恋爱失败,但我会不断总结经验、不断提升自己,为以后的爱情打下基础、储备能量。

夸奖

我寄夸奖予明月,月转夸奖送××。

注:这是我在广州市总工会工作期间和一位亲人介绍的女孩子在见面前聊天的内容。当时她要我夸一下她,我思考数秒后就发出了这句诗。当时的情况是我对她一点都不了解,不知道怎么夸,觉得乱夸还不如不夸,所以就采取另外一种方式完成夸她的任务。"××"是女孩的名字。

心淡

为人修道长和短,劝君莫争强与弱。

到中年才明白,人生其实就是一种修行,一种心态,一种思想境界。在纷繁复杂、物欲横流的现实世界中,只有心淡、顺其自然才能不迷失自己。

《道德经》最后一章最后三句讲道:"既以为人己愈有,既以与人己愈多。天之道,利而不害。圣人之道,为而不争。"其实就是告诉我们,人要努力做好自己,顺应自然规律,不与他人争利,不与自然对抗,尽力帮助别人,自己反更充足,尽力给予别人,自己反更增多。

陈继儒《小窗幽记》里面讲:"宠辱不惊,看庭前花开花落;去留无意,望天上云卷云舒。"为人做事就是要这种心态,视宠辱如花开花落般平常,才能心境平和,视去留如云卷云舒般变幻,才能淡泊自然。

唐代诗人王维的《终南别业》里面写道:"行到水穷处,坐看云起时。"诗中把自由惬意、心如止水、享受自然的心态展现得淋漓尽致。

现在很多人重视身外之物远远胜过内在涵养,总让他们患得患失。人生需要一颗淡然之心,才能活得通透、活得开心、活得满足。

孤独

越长大越发现，人是一种孤独的存在。人很多的时间都是在独自做一些事情，独自想一些事情，甚至独自承受一些事情。

例如，我和老婆的感情是非常好的，彼此间很关心很了解，但是我永远无法代替她怀孕，替她承受怀孕所带来的一些反应。我和老婆各自的工作、各自的人际关系都需要自己去处理，别人都插不上手。

泰戈尔曾经说："孤独，是一个人的狂欢，而狂欢，是一群人的孤独。"通过这些年的生活感悟，我慢慢觉得每个人处理好自己和自己的关系非常重要，这在很大程度上影响着生活的质量。

于是，我几乎每天都要花几个小时的时间来阅读、来思考、来运动，不断提升自己的认知，不断扩大自己的视野，不断改变自己的身体状况，在书本中感悟人类文化的奥妙，了解做人做事的道理，促进谋事干事水平的提高。既丰盈了自己的精神世界，活得更充实，又学到了如何尊重别人，办好事情。

我从来没有像今天这样喜欢自己，享受这份孤独。

月亮

今晚的月亮很圆,我一直都在二中静静地注视着月亮。对于月亮,人类一直以来充满了对它的猜想,也寄托了丰富的情感。关于月亮的传说很多,最经典的莫过于嫦娥奔月。随着现代科技的进步,人类对月亮的了解也越来越多,月亮的许多特殊属性使有些科学家认为月亮是造物者安排在地球周边监视人类的超大型设备。话又说回来,人类何其渺小,离我们最近的星体我们几乎毫无了解,更别说浩瀚的宇宙,更别说宇宙之外的世界。一想到这,我得赶紧回去学习。

三个问题

前段时间一个小朋友问了我三个问题,我一个都没答出来。三个问题分别是:你更喜欢爸爸还是更喜欢妈妈?天上有多少颗星星?人活着是为了什么?如果站在小孩子的角度,我可以很快回答出来,但是作为一个成年人、一名公职人员,我应该换个思路去理解。第一个问题我想到的是法治更好还是德治更好,我一直认为法治是基础,好的制度是前提,之后才是德治。没有法治的基础,德治就会流于形式,变得虚伪。第二个问题我想到的是,人们要树立好的宇宙观,学好现在的科学文化,才能更科学地建立起人生观和价值观。第三个问题有了第一和第二个问题的基础,就比较好回答了,因人而异,就是用自己喜欢的方式度过一生。

小时了了

记得读小学三年级的一个晚上,我和爸妈到舅舅家拉拉家常。那时的舅舅30岁左右,正在某乡镇担任副科级领导干部。突然之间,他对我说他现在严格要求自己,想努力用一年的时间做两年的事情,两年的时间做三年的事情。说完后便问我:"你的目标是什么?"我思考了片刻,说道:"运筹帷幄,决胜千里。"舅舅听了之后异常惊喜,可能觉得小小年纪的我居然说出这样的话。不过,"小时了了,大未必佳",现在的我想起自己当初说过的话,心情有些复杂。

从《康熙王朝》看索尼的处世智慧

看完《康熙王朝》后，心中沉思了许久。和《雍正王朝》相比，该剧与历史事实有更大的出入，加入了一些艺术的成分，但不得不承认这是一部非常成功的电视剧。康熙和孝庄是主角，他们的气度和思维绝对是顶级的，暂且不论。在所有大臣中，索尼、周培公和陈廷敬应该是该剧中智慧程度最高的，特别是索尼。索尼在顺治痴迷佛法不理朝政时的冒死进谏，在鳌拜与苏克沙哈党争激烈时的"糊涂"，在朝廷局势不明朗时的沉着冷静，适时而动，在自家无限尊贵时不忘告诫孙女（皇后赫舍里）要心如止水，越是无限尊贵时越是险象环生处等；他的段位不知道比逞强的鳌拜和示弱的班布尔善高明了多少，他较早地洞察了危机和生前的布局，为康熙后来一举扫除鳌拜这个心腹大患埋下了伏笔。可以说，在电视剧中，索尼是一个没有瑕疵的人。

我心中的电影大师

从小喜欢看周星驰的电影，它不仅仅是搞笑那么简单，还展现了他对生活、对感情的态度。没有一定的年纪，没有丰富的生活阅历的确很难读懂周星驰。他和他的电影《大话西游》一样，读懂了，就是经典中的经典。

周星驰的电影总是能给人理想、给人希望。他演的小人物那么鲜活、那么接地气、那么有智慧，大多都有美好的结局。现在再看他的电影，我还是会笑，但是笑过后发现眼角有泪。

前几年，福建东南卫视下午段总是反复播放几部经典的电影，其中有一部就是周星驰的《武状元苏乞儿》。看了多遍后，深刻体会到周星驰对爱情有着至死不渝的追求。在电影中，主角苏灿（周星驰饰）家被抄了，他没有哭；流浪街头，他没有哭；沦落为乞丐，他没有哭；被打断手脚，他没有哭；身受重伤，他没有哭；挨饿受冻，他没有哭；受辱吃狗饭，他也没哭；唯独见到心爱的人，他哭了。

现实生活中的周星驰给我的感觉他并不是一个能说会道的人，甚至有时候还有点木讷。他对电影的质量要求极高，有时候为了拍摄一个满意的镜头会重复上千遍。严苛的要求是好电影的前提，因此，他始终赢得群众的青睐，他的电影票房居高不下。

周星驰是我心中永远的非凡大师。

多维度研究与洞察

听到《英雄的黎明》这首曲子时，我感觉异常熟悉，经过短暂回想，原来它曾是电视剧《神雕侠侣》中的插曲，也是我年少时喜欢玩的《三国志》系列游戏中的曲子。该曲通过中西合璧的演奏方式，旋律中蕴含着英雄迟暮、侠骨柔情、壮志未酬的情感，每当沉入乐曲中，我想到的是五丈原的诸葛亮、"莫须有"的岳飞、炮台上的关天培等。通过更加深入的了解，让我没想到的是作曲者竟然是一名日本人（横山菁儿），他竟然可以对中国文化和中国乐器的理解深入骨髓。为此，我还陆续听了《伽罗》《潇湘子》《故乡的原风景》等日本名曲，概莫能外，都饱含着中国风。听到这些动听、底蕴十足的曲子并没有让我拍手称快，相反，有一丝丝恐惧在心中。

我不禁想起另外一件事，高考毕业后的那个暑假，我玩了大概一个多月的游戏，发现那时三国类的大型游戏基本都是日本人开发的。我记得有一款日本推出的游戏叫《三国志11》威力加强版，那时玩得特别过瘾，里面的游戏功能设计、地图地形标志和人物技能设定与我脑海中理解的三国非常接近，特别是里面一个很小的细节让我觉得非常震惊。吕布的武力初始值是100（满分），是整个游戏中最高的，而武力初始值排名第二的则是张飞，为98。由此可见，日本人对三国知识、对中国文化理解之深让人打了个寒战。

日本对中国开展研究学习的历史可以追溯到战国时期，其经常派大量人员组团也就是使团来中国主动学习先进文化。到唐朝可谓达到了高潮，他们学习并引入中国的政治制度、文化、汉字、服装以及先进的生产技术等，完成了从奴隶社会向封建社会的过渡。然而，近代以来，随着他们的逐步强大，他们对中国的野心也逐渐膨胀。他们制定了以侵略朝鲜和中国东北为首要目标的"大陆政策"，提出第一步占领"满蒙"，第二步占领中国，第三步征服世界。可以说，日本给近代中国带来了很多灾难。

1944年，第二次世界大战日本战败已成定局。如何处置日本的战后问题成为美国政府当务之急。为此，美国政府动员了各方面的专家来研究日本，《菊与刀》的作者鲁思·本尼迪克特就是其中一位。鲁思·本尼迪克特通过大量调研和搜集大量资料，从日常生活细节中来解读日本人的思维方式，并得出日本人是菊与刀的矛盾体，爱美而又黩武、尚礼而又好斗、喜新而又顽固、服从而又不驯等。那时的美国社会很多人熟读这本书，由此可见，美国对日本的研究广泛而深刻。

潜移默化

　　2014年巴西世界杯荷兰队与西班牙队的比赛中，荷兰著名球星范佩西打进了一粒经典的鱼跃冲顶式进球，整个进球过程极具美感和观赏艺术价值，这应该是我见过的最好看的鱼跃冲顶。

　　那时的我正在湖南大学读书，看完这场比赛后，对范佩西的精彩表现佩服不已，更对范佩西的成长背景产生了好奇。当时我就在想，范佩西会不会出生在一个艺术之家，或者他的亲人有从事艺术行业并对他产生了深远影响，因为他鱼跃冲顶的动作实在是太美、太有想象力了。于是，我便从网上寻找了一些关于他的资料。

　　果不其然，根据相关资料显示，范佩西出生于一个艺术之家，父亲鲍勃是一名著名的雕塑师，而母亲拉斯则是画家兼珠宝设计师。他的父母虽然离婚，但都很悉心栽培范佩西。

　　显而易见，范佩西在球场上所展现出的惊人天赋和想象力，将艺术融入足球这项运动中肯定是深受他父母的影响。张爱玲在《倾城之恋》中有这样一句话："你的气质里藏着你走过的路，读过的书以及你爱过的人。"我本来和范佩西没有任何交集，就是因为他一个进球所流露出的艺术气质让我推测到他的成长经历，很好地印证了张爱玲的这句话。

范佩西的事例给我带来了深刻的启示：一方面，教育孩子要注重家长和老师潜移默化的影响，在某种意义上讲，甚至比直接传授知识更重要。孩子们的模仿能力很强，如果家长们勤于修身、温润如玉、知书达理，那么孩子也会在耳濡目染中形成良好的习性。另一方面，识人要明察秋毫，结合他的气质、学识水平、行为特征、人生经历和家庭社会背景来研究分析，这样才能把人看准。

关于文理分科

记得高一快结束时，面临着文理分科。我当时很纠结，不知道到底应该选文科还是选理科。从高一的成绩和个人兴趣来看，我政史地比较好，按理讲应该选文科。但经过咨询很多老师、学长和亲戚后，普遍认为如果文理科成绩差异不大的话，还是应该学理科，说实话，这个理由并没有说服我。经过再三思考，我觉得如果我选了文科，那么我今后就基本不可能从事理工学科的研究了，但如果我选择了理科，我还有机会从事人文方面的学习研究，于是我毅然决然地选择了理科。正是因为高中选择了理科，我大学研究生选择了工科的土木专业。可是我现在的工作、我现在的学习研究内容和我的理想既需要理科知识，又需要文科知识。回过头看，很庆幸我选择了理科。

其实，文理知识对现代人的人生发展和生活都很重要，它影响着我们看待事物的思维方式。同时，文理科知识是有机统一的、相互促进的。例如爱因斯坦、杨振宁、丘成桐等理工科方面的人才的文章写得非常好，并且爱因斯坦的小提琴演奏得相当不错。同时，人文思维、人文知识对理工科的研究也有着很大的促进作用。例如许多数学概念都需要文字的精确表达、高度归纳，如果语文不好，理解概念就不会精准，不利于数学的学习。

所以，我认为学文科方向的学生在平时要注重对理科知识的学习，学点微积分、线性代数等；而理工科的学生在学习之余也要注重人文知识的积累，从而使知识学得全面，为人的全面发展打好基础。

近处菩萨远处显

在我的老家南江,有一个世传的中医家庭。他们擅长制作肝肾方面的中药,奇怪的是我们本地人很少在他们家买药,买药的几乎都是外省的病人。这个现象引起了我的好奇,为什么他们的药在本地治疗效果不如在外地效果好呢?

通过了解得知,药材的产地不同确实会影响到药材的疗效,因为不同的地方生产出的药材受气候(温度、湿度、光照)、土壤等因素的影响,成分是有一定差异的。我们常说东北的人参特别好,这跟东北的地区气候条件是密不可分的。

我们常说:"一方水土养育一方人"。正是因为同一个地方的人喝了当地的水和食用了当地的水土种植出来的粮食蔬菜以及饲养的家禽,也在一定程度上影响着这个地方人的体质和气质。

这么一分析,答案很容易就出来了。本地人吃本地种植的药材效果不好是因为他们身体已经很熟悉药物的一些属性,对身体的作用不是很大,所以作用效果一般。相反,外地的药物因为成长环境不同造成里面的成分与本地药材差异较大,身体并不熟悉药物,所以治疗效果会好很多。

这一现象在很多地方和领域都适用,我们家乡人喜欢用"近处菩萨远处显"来描述，意思是本事强的人在不熟悉他的人面前更容易发挥他的本领。

在干部任用的过程中，有异地任职的做法，这一做法在干部人事管理中具有非常重要的意义。重要岗位的领导干部在异地任职除了可以避免地域性利益冲突、促进干部交流、锻炼平衡地区发展等好处外，还有"近处菩萨远处显"的效果，更好地发挥他们的本领。

《天龙八部》"三兄弟"

金庸的武侠小说看得最多的应该是《天龙八部》，尤其是1997版的电视剧看了好几遍。

初看该剧时，特别喜欢段誉。他自小受到良好教育，谦逊、善良，也常替他人着想，一出场便是神俊非凡，非池中之物，有时还特别幽默，深得女孩子喜欢。

到了大学，又看该剧时，特别敬重乔峰（萧峰），他一生为人行事名重如山，武功卓越，威布天下，但他从未恃武逞强、自夸自喜、对个人利益斤斤计较。特别是他的爱国精神和为民情怀，彰显出大英雄、真侠士的质朴本色。黄日华版的乔峰曾对慕容博父子说道："所谓尽忠报国，为臣应该要做的事一是保家卫国，二是改善民生，令老百姓丰衣足食、安居乐业，绝不会为一己私欲妄动干戈，让老百姓生活在水深火热之中。"

人到中年，再看该剧，特别羡慕虚竹。虚竹在少林寺长大、出家，容貌丑陋，武功极差，但朴实、忠厚、善良。他运气太好，人生就像开挂一样，先是阴差阳错地破了珍珑棋局，获得无崖子内功，然后在无意中习得天山童姥的武功，找到心爱之人，当上灵鹫宫宫主。一转眼的工夫，好的运气使他具备了人们心中想要拥有的一切。之所以羡慕虚竹，就是因为他有好的运气，这也离不开他的本性淳厚。

开学感悟

岁月不居，时节如流。寒假转瞬即逝，家人的团聚，万家的灯火，推心置腹的交流，热闹非凡的年夜饭时刻萦绕在脑海、浮现在眼前，那么令人依依不舍。这或许是一年中人成长最快的时候，人情世故来往，人性善恶美丑尽收眼底、催人深思。生活就是不断地补课，不知道这个寒假我拿到学分没有。春天来了，可春风没有吹散我的茫然。但我知道，我得怀着播种的心态开始这段征程……

注：这是我研究生二年级时写的一篇文章。

复读无罪

复读的时候，当时的班主任欧阳老师讲了一个故事，至今仍让我回味。我们复读班的上一届有一个学长总感觉复读是一件可耻的事情，不管坐在哪，总会在书桌上、墙壁上刻上"复读无罪"四个字。后来这个行为被欧阳老师发现了，为了纠正他错误的想法并使他不再损坏公物，老师多次找他做思想工作，告诉他复读并不可耻，读书求知是一件光荣的事情。后来，那位学长再也不在公物上刻字了。

复读在很多人看来是一件不光彩的事情，毕竟它代表着曾经的失败。这种观念是不正确的。稻盛和夫曾说："世界上最大的监狱就是人的大脑，走不出自己的执念，到哪里都是囚徒。"如果总是觉得失败是一件可耻的事情，不从阳光积极的角度来看问题，人会活得很累很消极很压抑，难以改变失败的局面。

我们常说失败是成功之母。复读只是代表上一次高考的失败，并不代表下一次高考的失败，更不能代表人生的失败。电视剧《三国演义》中的曹操曾说："这个世上从来就没有百战百胜的将军，只有败而不气、败而益勇，并且最终取得胜利的人。失败是个好事，失败能教会我怎么成功。"事实上，曹操也是这么做的。《三国演义》中，曹操在经历了赤壁之惨败后，落荒而逃，并且逃跑的路上时时都有孙刘联军的埋伏，性命堪忧，但他依然鼓励自己的部将并说道："诸位辛苦了，胜败乃兵家常事，此战我军虽失利，然北方仍由我所据，几十万兵马尚存，待重整旗鼓，来日再战必胜。"

由此可见，成大事者身处逆境应有广阔的胸襟和百折不挠的意志。

写给表弟的话

昨天晚上我把我和你从小到大交流过的内容进行了一次认真地梳理，特别是你有脾气的时候说出来的一些话。有一段时间我为了很好地了解你，把我知道的你看过的书和你感兴趣的事物都看了一遍，甚至你前两天推荐看的《三体》，我都找了相关视频了解了一下。你的智商、你的沉默和你的家庭底蕴是你最大的优势，到哪你都比我受欢迎。但有一点，作为兄长我需要指出来，看人看事不能偏，不能只站在自己的认知去看问题，多跟人交流，去听听别人对待人或事物的看法是否和你一样。把身边每一个人，把书上每一个人的优点都要学会。当你对这个世界有了更深的了解，对人性有了更深的了解，我相信你的胆子会更大，看问题会更全面，有敢于挑战权威的底气，智慧的高度和心理的成熟会加速迭代，获得的机会会更多。

我很惭愧，我本来想一直在广州陪着你，可人生的发展走向有时候由不得自己，在外面低调没错，但还是要多跟人交流，尤其是思想上的交流。按理讲，我没资格和你说这样的话，我自身也有很多缺点，但我始终希望你变得更好。

要注意养生

俗话说："高薪不如高兴，高兴不如高寿。"这句话不见得完全正确，但至少说明有一个好的身体、能长寿对人而言是非常宝贵的。现在的我比较肥胖，更应该深入了解养生之法。

人能否长寿由很多因素综合决定，主要有基因、心态、饮食、生活是否规律、是否运动、环境、身材等。

人一定要保持乐观的心态，凡事积极地看、乐观地看，不生气、不抱怨、不杞人忧天。尤其是困难来了，要有顽强的意志力。

饮食要特别注意，一天要吃至少20种食物，荤素、蔬菜水果、五谷杂粮、酸碱等都要搭配好，鸡蛋牛奶每天必备。同时，每一种东西都不能吃过量，早上吃了面条，中午和晚上就可以少吃点面粉类的食物，吃了几天胡萝卜，就可以换成别的蔬菜等。药补不如食补。吃东西还要特别注意食材的安全、新鲜程度和保质期。

养成良好的学习工作生活习惯。不抽烟、不酗酒、不吃夜宵，少熬夜。如果非要熬夜，第二天有条件一定要补觉，不能连续熬夜。生活要注意卫生，保持身体和居住环境的干净整洁。要适当控制自己的食欲、贪欲等。可以养成读书、品茶、赏花、听音乐等好习惯。对待工作学习要劳逸结合，累了就要休息。

保持适量的运动。运动不需要太大的强度，年轻人一周一到两次比较安全的半剧烈运动就可以了，中老年每天有一定步数的慢走就差不多了。

避开不利的环境。像空气污染比较严重、人多的地方、危险的地方不要逗留，尽快离开。

最后，要特别注意身材，谨防肥胖。

践学悟道

走稳人生路

"迈小步,不停步,少走弯路回头路"这句话出现在《学哲学 用哲学》《辩证法随谈》《看法与说法》等书籍中,意思就是事物的发展要按照规律,循序渐进,稳妥发展,减少发展过程中不稳定的因素。

这句话告诉我,凡事尤其是工作中,在做决定之前,要反复思考,不可盲目图快。即使年纪不小了,也要稳步向前,不犯或少犯原则性错误,否则又要耽误不少宝贵的时间。

生命

"生命只有回头看时才了解,而生活必须向前。"这句话是我2000年左右,在自家电脑运用金山打字通软件练习打字的时候出现的一句话,至今仍记忆犹新。生命和非生命最大的区别在于是否具备主观能动性,生命是一直向上的、有生存欲望的。所以这句话可以这样说:人的生命就是个体积极向前生活的全过程。

水

"不管是什么水，流进了海洋就是海洋里的水；不管是什么水，流进了阴沟就是阴沟里的水。"和这句话相似的那一句话是我读初中时在《读者》杂志上看到的。那时受舅舅影响，养成了看《读者》的习惯，一直保持到大学毕业。初看，好像这句话是说明环境的重要性，与"近朱者赤，近墨者黑"类似。但细细一想，好像又有点不同。"不管是什么水"就是说不论你的出身如何，并不能决定你的结局，而海洋就是一种人生的高境界，阴沟则相反。

综合来讲，不论你的出身好不好，只要积极向上、追求先进，战胜重重困难，你就是优秀群体中的个体，就像一滴水要经过小溪、江河等重重关卡才能到达海洋。同样的道理，不论你出身好不好，如果你不努力不上进，自我放弃，你人生的收获就会很少，甚至是人类劣势群体中的一员，就像水进入阴沟里面一样容易。所以，我们要流进海洋，变成海洋的一分子。

文化的力量

文化是一种力量。由人化文是文化的起源，由文化人是文化的作用。

当前，我国的文化自信不断增强，文化输出实力与日俱增。认清人化文与文化人的内在含义以及两者之间的逻辑关系非常重要。人化文，是文化的根源，是一个动态持续的过程。文化人，是文化的作用，也是一个动态持续的过程。人化文和文化人相互联系、相互作用，螺旋式上升，推动着人类文化不断走向新的繁荣，也推动着人类文明层级不断提高。

愈深愈难愈奇

"人"之愈深，其进愈难，而其见愈奇。"入之愈深，其进愈难，而其见愈奇。"这句话本是王安石《游褒禅山记》中的。本义是描写王安石等人参观华山的"后洞"，拿着火把走进去，进去越深，前进越困难，而所见到的景象越奇妙。这里把"入"字改为"人"字，是想表示不论是人的思想境界还是学识水平到了一定的层次后，越往上提升越困难，但是每提升一点看到悟到的东西越奇妙。

慢生活

自在有为的生活需要慢下来，慢下来去思考。慢比快实在、可靠，比快更快。

"自在有为的生活需要慢下来。"这句话本是10多年前公务员考试申论材料中出现的句子。这里的"慢"，严格意义上讲不是速度上的慢，而是一种健康的生活状态和心理状态，是一种积极乐观而又贴近自然的生活方式，更注重生活的质量。慢下来思考是"慢"生活的关键，只有把自己真正所需的东西、所做的事情想清楚了，才能更好地把日子过好，使我们少走弯路。所以慢比快实在，比快更快。这是生活中"慢"和"快"的辩证法。

学问

搞学问要扎扎实实，不可沽名钓誉；搞学问要融会贯通，联系地、发展地、辩证地看问题；搞学问要身体力行、知行合一，理论联系实际；搞学问要树立精神和境界，培养大局意识和利他精神。

珍惜青春

坐得冷板凳，方才吃得上冷猪头肉。大好的青春年华就应该静下心来搞研究，扑下身子去实践。

著名历史学家范文澜有句名言："坐得冷板凳，吃得冷猪头肉。"冷板凳和冷猪头肉是相辅相成的，只有长年累月地刻苦钻研、甘于寂寞，方才坐得住"冷板凳"，才能在学问探究上入木三分，而后出类拔萃、成果显赫，死后才会吃得上"冷猪头肉"，得到世人和后人的认可与尊重。那时的我正在安定镇行政审批办工作，虽然所做的工作没有创新的地方，但我已经立志要珍惜自己的青春年华，静下身心去实践、去研究思考，在文学领域建功立业。

写文章心得

汝果欲学诗,功夫在诗外。写文章谋篇布局、遣词造句、咬文嚼字固然重要,但更重要的是文章之外的功夫,是思想、是阅历、是观点、是经验,是胸中之势,浩然正气,得有大思想、真见识、金道理。文章家有两种,一种理胜于情、以理服人,是政治家、思想家;一种情胜于理,借景借物抒情,是纯文人。不管怎样,写东西要勤于动脑,只有思维的音符才能舞动有镣铐的文字。

学哲学用哲学

无用之用,方为大用。这应该就是哲学。学哲学用哲学就是要用哲学的眼光来看待事物,用哲学的思维来思考问题,用哲学的方式来处理实践中的困难,不做糊涂事、不吃糊涂亏、不占糊涂便宜。学哲学用哲学就是要具体问题具体分析,在符合客观规律的基础上充分发挥主观能动性。

读书人要有"三气"

读书人应该有气质、气势、气场。一是要有朝气,朝气蓬勃、锐不可当,纵使十面埋伏、层层包围,也要有杀出一条血路的勇气和魄力。二是要有静气,潜心专一、锲而不舍,即使面临未知的世界、未知的形势、未知的领域,也要有摸着石头过河的耐心和毅力。三是要有和气,不和多半是因为利益矛盾,树立"先忧后乐,先天下后个人"的利益观,一定可以与人和睦相处,心平气和地面对周遭的一切。

终身快乐

孟子说,君子有三乐。从"父母俱存,兄弟无故"的天伦之乐,到"仰不愧于天,俯不怍于人"的为人之乐,再到"得天下英才而教育之"的得道之乐乃至乐以天下的至乐。这无不体现了儒家学者积极进取、包容豁达、服务社会的快乐观。幸福快乐都是奋斗出来的,这与儒家思想不谋而合。所以,树立起终身学习、终身进取、终身快乐的人生态度显得尤为重要。

不能忘本

任何时候都不能忘本！"本"在某种意义上讲的就是老老实实做人、老老实实做事、老老实实做学问，怀感恩之心，弃非分之想，不占别人便宜。

学分

人活一天就得拿到该拿的学分。学分就是爱护自己、尊重别人,把该做的事情做好,从心所欲不逾矩。

爱护自己、尊重别人就是要处理好自己和自己、自己和别人以及两者之间的关系。只爱护自己不尊重别人、只尊重别人不爱护自己或者无原则地尊重别人都是不可取的。

做好自己就是做好别人的朋友

孔子说:"益者三友,友直,友谅,友多闻。"要交到为人正直、诚恳宽容、学识渊博的朋友,自己也要做到这三点,尤其是宽容最为不易。宽容在某种意义上讲,就是既要容得下物质的匮乏、精神的打击、病痛的折磨,还要容得下夸奖、拉拢、讽刺、侮辱、排挤、报复,更要容得下冤枉、背叛,并依然保持淡定的心态、服从大局的意识、为人民服务的精神。

孔子提出交朋友的三个标准恰恰也是做人的三个标准,用来严格要求自己。

两件事

人生在世，其实就做两件事。一是让自己过得幸福，二是帮助别人过得幸福。人有时候应该尽可能让自己简单些，不要太功利，不要太复杂。这是对自己的人生目标进行全面归纳后得出的感悟。

常态、心态和状态

青岛科技大学校长陈克正曾说:"有风有雨是常态,无风无雨是心态,风雨兼程是状态。"这一点让我感悟良多,面对"常态"的困难,一定要有积极向上、攻坚克难的"心态"和干事创业、勇往直前的"状态"。成年人的世界没有"容易"二字,困难和挫折是家常便饭。如何面对困难和挫折,如何战胜源源不断的困难和挫折,是将人分成不同层次的方式。

一切

一切都是合理的，同时呢，时间可以改变一切。

"一切都是合理的"是指存在的事物都是合理的，包括宇宙和人类社会的存在及运行发展规律。"时间可以改变一切"是指时间的作用是非常大的，甚至是决定性的，新事物会代替旧事物。"一切都是合理的"和"时间可以改变一切"是同时存在的，也是永远存在的。

不争论

世人皆喜欢争个长短，比个高低，辩个输赢。比较固然重要，可以在一定程度上认清事物，但沉迷于比较之中实在不可取。有位伟人曾说："不争论是他的发明，在我看来，是他的高明。"类似的道理在金庸先生九阳神功的秘籍之中有所体现："他强由他强，清风拂山岗，他横由他横，明月照大江。"命运无论多么复杂漫长，实际上只反映于一个瞬间，那就是人们彻底醒悟自己究竟是谁的那一刻。承认自己的无知，乃是开启别样人生的钥匙。

德与才

"才者,德之资也,德者,才之帅也。"小胜靠智,中胜靠才,大胜靠德,全胜靠道,人道其实就是才与德的高度融合。

"才者,德之资也,德者,才之帅也"是司马光《资治通鉴》里面的话,说明德是才的统帅,以德为先的思想。真正有才的人一定是有德的,而有德行的人一定是经过漫长的积累后智慧的体现,两者不是割裂的,而是互相联系的。

认识世界和改造世界

认识世界和改造世界是我们的目的,也是马克思主义理论中经常提到的词汇。马克思与其他哲学家的不同在于他曾经说:"哲学家们只是用不同的方式解释世界,而问题在于改造世界。"认识世界很难,改造世界更难,很多哲学家在看透这个世界后患上了抑郁,但马克思非但没有抑郁,反而提出改造世界的目标,并将其一步一步付诸实际,着实了不起。

微观

现在我们知道，宏观和微观都是无限的。古人用天和地来形容宏观的无边无际，但是微观没有相应的词语来表示，不像现在有原子、夸克等词汇，这并不等于古人对微观没有思考。古人云："一尺之棰，日取其半，万世不竭。"这句话就是说，一根木棒可以永远细分下去，其实就是微观无限的思想。所谓守正创新中的守正其实就是站在巨人的肩膀上成长，把老祖宗留下的东西消化好，对我们处理学术工作和生活中的矛盾大有裨益。

人尽其才

骏马犁田不如牛,但骏马日行千里非牛所能及。尺有所短,寸有所长。君子如水,小人如油。水是生命之源,不可或缺,但油用得好,也是香喷喷的。泱泱大国,当人尽其才、物尽其用。

针对最近看书生活感悟,认为每个人都是不一样的,没有没用的人,关键在于要放在合适的岗位上。

现在我们的国家人才众多,需要人才的地方也很多。比如在我们平江,高学历人才的缺口依然很大,很多地方招不到想要的人才。

提高人才质量固然重要,但把人才合理安排、高效利用也很重要,没用好也是资源的浪费。

感恩

人活于世，一定会受到他人的恩惠。父母生养之恩、组织培养之恩、知己知遇之恩、领导提携之恩、亲朋好友帮助之恩等。常怀感恩之心是父母时常教诲我的，喝水不忘挖井人。然而，因为能力和实力，有些恩我现在无法报，只有先让自己长成参天大树，以后才能提供更多的树荫。

规律

规律是普遍存在的。读书有规律，各个学科有各个学科的学习规律，从政有从政的规律，搞卫生有搞卫生的规律，做饭有做饭的规律等。然而，发现什么样的规律在一定程度上决定人的作为有多大，例如摸清了教学的规律可以多培养几个好学生甚至带动教育的发展，梅西摸清足球的规律使他成为专业球员并荣登球王宝座，马克思那样摸清那时人类发展的规律极大地促进人类社会的发展等。善于摸索和学习规律并按规律办事极其重要，使人立于不败之地。这一过程看似简单实则非常难，规律只有觉到悟到才是自己的，还要拿捏得住、应用得上。研究什么样的规律与人所处的环境、时代有很大关系。例如在古代中国由于科学技术水平有限，通过对自然和社会现象的观察，形成了《易经》。

三做

做人，谦谦君子、温润如玉；做事情，深思熟虑、精益求精；做学问，颐指气使、专横跋扈。

一直以来，很多人认为做人做事做学问是有机结合的，不应区分开来。但我现在不这么认为了，这三者要区别对待，他们的精华和特点是不一样的。

净和静

今天无意中留心了"静"和"净"字。"净"表示纯净、干净,而"静"则表示安静和平静。两个字都是修心的境界,但"净"比"静"的境界更高。不过,中国文字博大精深,两个修心的字里面都有一个"争"字,似乎非常矛盾,难道"静"和"净"是为了争吗?还是说争的过程中要保持"静"和"净"?有一点像老子的无为思想,无为并不是无所作为,而是一种大为。从联系、运动的观点来看问题的话,"净""静"和"争"是动态统一的,你中有我、我中有你。

提升认知层次

同一层次的难题往往在同一层次无法解决，解决问题的路径是提升认知层次。就像小学数学难题，在小学时可能解不出来，但数学研究生绝大部分都能解出来，因为层次提高了，有了自己的研究团队。所以我现在竭尽全力提升自己的认知层次是总结过去和立足长远所做的选择。

心动

《坛经》中云:"时有风吹幡动。一僧曰风动,一僧曰幡动。议论不已。惠能进曰:'非风动,非幡动,仁者心动'"。

风动、幡动和心动一直以来是哲学界讨论的经典话题,但我认为这三者不是区分唯物和唯心的好例子,因为从《坛经》的意思来看,这三者都是唯物的。

幡动、风动都是客观存在,是物理现象,幡动是表面的客观,而风动则是幡动的物理原因,但是心动也是客观存在的。正是因为人留心了外界,或者说被外界影响了,才会有心动。从佛学的角度来讲,追求六根清净、万物皆空其实就是心不乱动,不被外界迷惑,真正洞察事物的本质。这个道理是很科学的,所以这三者都是唯物的。

要做到心的不动其实也考验着人的修为。高僧之所以为高僧,大师之所以是大师,关键在于修心,客观地认识世界和自我,而非主观臆断。

从幡动到风动,再到心动,这是认知事物层次的两次飞跃,尤其是飞跃到心动这一环节。做到不心动有两个意思,一方面是心不受外界干扰,内心强大,不惧怕困难,心无旁骛地做人做事做学问。另一方面是有一个好的心境面对人生,透过现象看到本质,风景不转心境转,命途乱了我不乱,自在放心里,往事留背后,无为是最高。

王阳明曾说:"此心光明,亦复何言。"人要拥有强大并且智慧的内心应该就是《坛经》这则故事想告诉我们的道理吧!

四两拨千斤

人们常说"四两拨千斤",可知"四两"背后是无数次的思考、无数斤的锻炼。电影《霸王别姬》里面说的"不疯魔不成活""要想人前显贵,必得人后受罪"和现代很流行的一句"你必须非常努力,看起来才能毫不费力"就是这个道理。

四两拨千斤,最早见于王宗岳《太极拳论》一文,是一种含高度功力技巧,不以拙力胜人的功夫,后表示以小力胜大力之意。

四两拨千斤从物理角度分析,其实就是利用了杠杆原理。但进行深层次分析,如何利用这个杠杆原理,其实就展现了人们对客观事物深入地分析,沉稳地应对客观世界,这需要大量的正确思考和勤加苦练。能做到四两拨千斤,也说明该人在某一领域达到了很高的境界。

富与贵

人们常把富贵当作人生的追求目标，可知富贵富贵，富远远不如贵。

富在《现代汉语词典》中有五个释义，用得最多的就是财产多、资源、财产、丰富、使变富的意思，归纳起来就是物质充沛的意思。所谓富人就是物质比较充裕的人。

贵在《现代汉语词典》中有六个释义，形容物主要有价格高、价值大，形容人主要有地位优越。人的地位优越更多的是精神层面。所谓贵人应该是精神世界非常丰盈的人。

人的尊贵不在于腰缠万贯、权势遮天，而是在于高贵的品质和富足的精神。

在我们中国古代，喜欢把精神丰盈的人称为君子，《论语》中有大量的表述来形容什么人是君子和士。在欧洲也有贵族的说法，这两种人都比较稀少，但都是社会的中坚力量，远非富人可比。由于君子和贵族两者之间地域文化的差异，概念有所不同，但很多地方都是共通的。一是具有一定的文化教养。有正确的世界观、人生观和价值观，不以享乐为人生目的，培育了高贵的道德情操与文化精神。二是具有强烈的社会责任感，作为社会精英要有爱心，奉献自己，扶助弱势群体，担当起社会与国家的责任。三是具有独立人格和独立精神。严于自律，克制自己，有独立的意志，不畏强权，不被收买，保持内心的宁静。

近些年来，随着祖国经济的高效发展，很多老百姓的生活逐步走向富裕，但是我们的精神追求还有较大的努力空间，全民实现从富到贵的跨越对我国来说意义重大，而实现这一跨越最有效的手段还是教育。

中庸的局限性

中庸的思想千百年来深受中国人青睐，它主要包括不偏不倚、客观理性、和谐圆融等为人处世的思想。中庸其实就是追求做人做事的利益最大化，它不走极端，只求恰到好处。正因为如此，中庸有着它的局限性。它最大的局限性应该是抛弃了极端。极端在我们生活中特别是科学艺术中扮演着极其重要的角色。越王勾践没有受到极端的侮辱，也很难有卧薪尝胆的意志力。我们常常讲，量变是质变的前提，其实也是到了极端才发生质变。一些科学思想和科学实验是在极端条件下完成的。当然，并不是鼓励人们养成极端思维的习惯，而是极端不能被忽略，它也有可能是好的选择。

成事的五个步骤

人的一生中要经历很多事情，有些事情很重要，像结婚找对象、购置重要固定资产、处理工作中重大问题等。俗话说"谋事在人，成事在天"。意思是谋划事情，要尽人的主观努力，而事情的成败还要受到客观条件的影响。我认为，成事的关键在于主观能动性和客观条件的高度统一。要使事情成功的概率增加，可以通过五个步骤来开展。

料事要准。就是要透过现象抓到事物的本质，并正确预估事物未来的发展方向，可以通过学习、调查研究、分析思考等途径来提高料事的准确性。

遇事要忍。俗话说"小不忍，则乱大谋"。在成事之前肯定会遇到不少挫折，甚至是羞辱、陷阱、冤枉，但一定要沉住气，不该说的话不说，不该做的事不做，不该表露的脸色不表露。

出手要快。做一件事情往往有最佳的时机，如果错过了，那么成事的成功率会大幅下降。例如错过了买房的最佳时机，错过了谈恋爱的最佳时机等，会让我们多走弯路。出手要快，要以料事准为前提，稳中有进，抓住来之不易的机会。这里我想说明的是，机会不都是等来的，强者创造机会，弱者等待机会。

下手要狠。这里的"狠"不是无情和暴力的意思,而是一种不受外界干扰和严格要求自己的高度自律。当然里面有魄力的意思,俗话说"当断不断,反受其乱",就是做事情要敢于决断,否则不利于成事。

善后要稳。稳是指处理完事情后要考虑周全,妥善处理后续问题,防止事情朝坏的方向发展,甚至尽可能将这件事情变成未来发展的新机遇。

虚虚实实

《孙子兵法》里面讲："兵者，诡道也。故能而示之不能，用而示之不用，近而示之远，远而示之近；利而诱之，乱而取之，实而备之，强而避之，怒而挠之，卑而骄之，逸而劳之，亲而离之。攻其无备，出其不意。"毛泽东曾讲："打得赢就打，打不赢就走。"毛泽东还总结了游击战争作战十六字指导原则："敌进我退，敌驻我扰，敌疲我打，敌退我追"。一句话概括就是打仗要"虚虚实实"。

一般军事家做到太极生两仪，两仪生四象，四象生八卦尚且不易，而卓越的军事家像孙武和毛主席，还可以做到八卦生四象，四象生两仪，两仪生太极。他们既打得开局面，还能控制住局面。他们既会部署宏观军事战略，还会细部作战。他们既能立足当前，还能放眼长远。要用联系、发展的观点看待事物，才能把握战争的普遍规律，才能打赢大小战役。要透过现象看本质，把握好军事和政治、经济、社会，战争的全局和局部、当前和长远、战略和战术、主要和次要、特殊和一般的关系，这样打仗才能目的明确，行动恰当，不打糊涂仗、不吃糊涂亏、不占糊涂便宜。

好人

最近老听别人在说某某是好人,可是好人到底有没有一个确切一点的标准呢?以前很多专家在解释这个词的时候就认为好人就是想别人比想自己多的人。后来啊,我们的王选院士进行了补充,他说想别人和想自己一样多的人也算一个好人。

不管我现在是不是一个好人,但做一个真正的好人是我一生的追求。人活在世上本来就是一种偶然,所以我要珍惜做人的机会,活出人的价值,而这种价值的方向,古人已经告诉我们。

古人云:"十有五而志于学,三十而立,四十而不惑,五十而知天命,六十而耳顺,七十而从心所欲,不逾矩。"十五到三十是求学的最佳时期。那么读书是为了什么?我不禁想起了周总理那个经典的小故事。

1917年,奉天东关模范学校的魏校长在一次上课的时候问道:"同学们,你们读书是为了什么啊?"有的说是为了家父而读书,有的说是为了光耀门楣而读书,有的说是为了金钱而读书。当魏校长点名要周恩来回答时,周恩来说为了中华之崛起。魏校长当时没有听清楚,要周恩来再说一遍,周恩来铿锵有力地回答道:"为中华之崛起而读书"。

我们可以没有周总理那样的豪言壮志，但是我们的目标也不能太平庸，不能太功利化。蔡元培先生在创立大学之初时说道："大学乃学术之地，并非升官发财之阶梯。"可见，读书也是为了自身素质的提高，所以大学四年我选择坐冷板凳。

　　著名历史学家范文澜说："坐得冷板凳，吃得冷猪头肉。"

　　真希望自己百年之后年年日日能吃上"冷猪头肉"。如果这样，此生足矣！

　　注：这是我大学二年级时写的一篇文章。

白开水

　　白开水是平常生活中人们喝得最多的水。它清淡无味，极其普通，对身体有百益而无一害。它的制作过程很简单，只需将自来水或井水加热至沸腾，然后再冷却即可饮用。

　　它不同于饮料，白开水需要经过高温，而且也没有饮料华丽的色彩和诱人的味道。

　　它又不同于蒸馏水，白开水可没有那么纯净，它带有人体所需的各种元素。

　　在我看来，白开水是处于这个物欲横流、真假难分的社会中那一部分头脑清醒、心灵透彻的人们。

　　白开水是孔子那"从心所欲，不逾矩"的心态。不管到哪里，总是那么淡定、神闲。

　　白开水是一种沉默是金的力量。别看它沉默，不代表它不为，那是因为它还在吸收热量，它将会变成一个无名的英雄。

　　所以，请多喝白开水。

　　注：这是我大学毕业时写的一篇文章。

政途笔谈

四个"自"

"自卑"地学习,"自信"地工作,"自律"的作风,"自己"的思想。允公允能,抓住本质,日新月异!

"自卑"地学习是指自己要有敬畏学问之心,以虚怀若谷的心态做好学问研究。这里的"自卑"与岳麓山下"自卑亭"的"自卑"意思是一致的。这里的"自卑"源自西汉戴圣的《礼记·中庸》:"君子之道,辟如行远必自迩,辟如登高必自卑。"比喻做人做事做学问要从低处开始,扎扎实实、循序渐进。即"千里之行,始于足下"的意思。

"自信"地工作是指作为一名公务员,姓"公"不姓"私",全心全意为人民服务,搞起工作应该底气十足、自信满满。

"自律"的作风是指身为党员干部要严格要求自己,不染不正之风、不为不法之事、不取不义之财。

"自己"的思想是指自己要发奋苦读、锐意创新,在深厚的文化积累上形成有自己鲜明特色的思想,为党和国家做一点微薄的贡献。

"允公允能,抓住本质,日新月异"和四个"自"相呼应,只要"允公允能,抓住本质"就能"日新月异"。其中"允公允能,日新月异"是南开大学的校训。"允公允能"这一部分强调了个人应当具备的品质，即既有公德，又有能力。"日新月异"这部分源自《礼记·大学》中的"苟日新，日日新，又日新"，意指每天每月都有新的变化，形容进步迅速。

谋定而后动

"谋定而后动"的意思是做事尤其是重要的事情要先谋划周到后才能行动，最先被引用于《孙子兵法》。

理解"谋定而后动"这句话要具体问题具体分析。我们常讲"事缓则圆"，意思是处理事情时不要急于求成，而是应该保持耐心和冷静，慢慢地寻找解决方法，这样才能得到圆满的解决。这与"谋定而后动"有异曲同工之妙。

"谋定而后动"给我们当前的许多工作带来了许多启示。以外交为例，我们要深刻认识国内国际各种因素的复杂性、长期性以及国内国外两个循环的相互影响，做好应对各种风险挑战和困难的准备，做好自己的事情，处理好改革发展稳定之间的关系。

"谋定而后动"是一个比较理想的状态，也是立于不败之地的法宝，但是有的时候根本没有谋定而后动的思考时间。特别是当今科学技术瞬息万变，不进是退、慢进也是退的时代，给我们思考的时间是很有限的，军事、政治、商业、学术等领域差之毫厘，谬以千里。

以长征为例，红军经历湘江战役后，折兵大半，面对国民党军队的围追堵截以及复杂恶劣的地理环境，红军的境遇非常凶险，随时都有战斗，随处都会遇到困难，要做到"谋定而后动"是很不现实的。

还好红军有以毛泽东同志为核心的党中央的英明领导，才能每次都能随机应变、化危为安。

我想说的是，"谋定而后动"的前提是具备高层次的认知、强大的思维能力。所以，在没有遇到问题和困难的时候，我们要勤加学习、勤加思考、勤加实践，不断提升谋事处事的能力，才能在关键时候、紧要关头真正做出正确判断。

实践第一

"实践是检验真理的唯一标准。实践第一的观点是马克思主义哲学与时俱进，区别于其他哲学的关键所在。"

上面是我在朋友圈转发《实践是检验真理的唯一标准》这篇文章时所写的文字。该文阐明了检验真理的标准是社会实践，理论与实践的统一是马克思主义的一个最基本的原则，任何理论都要不断接受实践的检验。这场讨论冲破了"两个凡是"的严重束缚，推动了全国性的马克思主义思想解放运动，为后续的改革开放打下了坚实的基础。

工作的本质

不管在哪个岗位工作,本质上都是一样的,做好"五个统一"。一是政策和策略的统一;二是动机和效果的统一;三是原则性和灵活性的统一;四是哲学思维和法治思维的统一;五是正确估量自己和准确了解世界的统一。

明确目标

我在几个单位的基层待过，真实感受到基层工作的不容易、大多数老百姓生活的艰辛、宏观与微观的结合思考、理论与实际的思考、换位思考等，让我明白自己要想做一点点有益于社会的事情是多么难。

记得我刚从广州回来的时候，去了几个贫困户家中了解了一些情况，我当时很难受。在广州太古汇，一件普通的衣服就是几万，而在贫困户眼中几千元却是一个家庭一年的收入，贫困户的居住条件之差与繁华的广州中心城区形成鲜明的对比。我一直在努力做一个有益于别人的人，除了专业之外，学哲学、国学、兵法、经济等，经过多年的工作学习，我渐渐认清了形势、明确了目标。脚踏实地，见微知著正是我当前需要思考和努力的目标。前一段时间我去了平江政协了解政协委员和群众提案的情况，我今后写文章的重心会逐渐偏向平江经济社会民生中的突出问题。

注：这是我和平江一中校长微信聊天中的部分内容。

经验

毛主席曾说，"我是靠总结经验吃饭的"。善于总结经验的人，成长的速度自然要高于一般人。年长者也因为经验丰富而受到年轻人尊重。经验分为两种，直接经验和间接经验。直接经验就是本人的经历，亲身经历的事情，它来得深刻。间接经验是通过对他人经历的总结获得的经验，可以通过交谈、阅读、观察等获得。一个人的经历是有限的，但一个人的阅历是无限的。人类行为的一切经验都可以用来借鉴，作为自己的间接经验。以前交通不发达，人们通过读书来了解外面的世界，增长见识。虽然足不出户，却已知天下大事。拥有什么样的经验就决定这个人有什么样的本领，也决定着人的层次。成长的环境不同、经历的事情不同、看的书籍不同、思考的事情不同等因素决定着人的不同。吾日三省吾身，就是要每天都总结经验。

当下对我而言，总结经验显得尤为重要。学习要总结经验，工作要总结经验，生活要总结经验，感情要总结经验。总而言之，一要勤于修身，做一个身心健康的人；二要乐于学习，做一个学养丰富的人；三要勇于实践，做一个志在创新的人。

执行力

"落到实处！看准了的事就下决心做，打算做的事加速做，动手做的事就提升品位做。"

这是一位曾任岳阳市委领导说过的话。说明干事创业要落到实处，要有强大的执行力。

金融

阅读了黄奇帆的《分析与思考》和《战略与路径》后，深有感触，觉得作者在经济领域尤其是在金融方面具有极高的造诣。"金融"这个词很学术，换个字序叫"融金"可能更直白一些。国与国之间的金融实战非常复杂，手腕要极其高明，伏笔埋得很深。像美国的次贷危机就是一连串不合理的金融政策导致的，给欧洲、日本等一些国家地区带来较大影响。信用、杠杆、风险，为实体经济服务都是金融学的常识，弄懂这些词对读懂一些国家经济类的政策措施很有帮助。

有爱的人

新时代,实现国家全方位高质量发展,培养有爱的人远比培养"有用"的人更重要。

实现国家高质量的发展关键是人才,我们现在非常注重对人专业能力、思维能力等显性能力的培养,认为有能力的人才是有用的。其实,每个成年人都是有用的,关键在于他是否在对的地方发挥才能。文化层次较低的人照样可以从事许多工作,为社会发光献热。但如果没有爱的话,不论你多么有能力,不论你学历有多高,都很难做到为集体、为单位、为家庭无私奉献,更别说为祖国的高质量发展奋斗了。所以,培养有爱的人很重要。

心忧天下

在金钱的催动下，办事的效率可能会提高，但容易迷失自我、误入歧途，"嗜欲深者天机浅"大概就是这个意思。我们很多读书人没有心忧天下的情怀，一心追求更高的位置、更大的权力、更多的金钱，受利益驱动，容易偏离正确的道路，不能静下心来搞研究。古代士人学者心忧天下的情怀给今天的读书人带来许多启示。一方面，治学要有强烈的社会责任感，积极为国分忧、为民解难，特别要注重对重大现实问题、经济社会发展中的突出问题、大众普遍关注的热点难点问题进行研究和探索；另一方面，应以发现真理、传播真理为己任，以传播文明、资政育人为至乐，不为功名利禄所惑，不断提升精神境界，始终忠诚于祖国、忠诚于人民、忠诚于真理。

三省

吾日三省吾身。记得学生阶段,我经常三省。反省自己在为人处世中是否与党纪国法的要求一致,反省自己与人交往是否真诚善良,反省自己是否具有宽广胸襟、忧乐情怀。从学校离开了快10年的我猛然发现,学生阶段的"三省"固然是对的,但更多的是原则性方面的问题。而进入社会后,"灵活性"方面的反省很有必要。人要想在社会中少碰壁,就得懂得做人做事"灵活性"的尺度。智慧、重情、强大本是一件好事,但凡事过犹不及,这三者超过一定的度就会招惹麻烦,甚至影响到身家性命,所以要经常反思。

五平之心

"为人处世讲平等,谋事干事重平实,发展进步需平稳,名利得失要平衡,精神境界求平和。"

这句话出自一篇发表在《人民日报》的文章《领导干部要有五平之心》。大学时候看过后一直感触颇深,可以说这篇文章蕴含着深厚的为人为事为政哲理。我将以五平之心的标准严格要求自己,不断完善自己,做一名合格甚至优秀的公务员。

急与缓

该急的时候要急,该缓的时候要缓。急是急着为人民服务,希望自己的聪明才智尽早为老百姓服务。缓是一种心态、是一种沉淀,提高为人民服务的能力要一步一个脚印,不能走捷径。

上面这段话是我和我表哥聊天的时候说的。之所以说这段话,是因为自己硕士毕业进入公务员队伍快10年了,我能摆正心态,辩证地看待急与缓。能不能当领导干部,能当多大的领导干部这是组织决定的,但成为一名学者、一名专家,我是可以努力做到的,再不济我还可以努力做一个快乐的人。

原则性和灵活性

前几年，东南卫视老是重播一部周星驰主演的电影《九品芝麻官》，非常经典。包龙星的父亲包不同曾是一名贪官，后来因为遭受报应积极悔改，做了一名清官。他对包龙星说："当贪官要奸，当清官要更奸。"这句话挺有意思的，对是公务员的我很有启发："清"是原则性，"奸"是灵活性，是明察秋毫，搞行政工作要把原则性和灵活性结合起来。

同频共振

只有超级厉害的人才知道超级厉害的人在哪里。有机会为人民服务就全心全意，没机会就追求真理，达到天人合一的境界。

"只有超级厉害的人才知道超级厉害的人在哪里"，这句话的意思是高手之间是互相识别的，就像曹操和司马懿。曹操在位之时，虽然司马懿尚未崭露头角，但曹操对司马懿一直防范有加，知道此人不论是野心还是谋略学识都不在他之下。与之相对应的是，司马懿深知曹操在位，他不敢过多表露自己的才华和城府，因为他知道自己不是曹操的对手，毕竟曹操拥有绝对的政治军事资源优势。从某种意义上讲，曹操和司马懿是知己，他们是同一个量级的人物。

在学术研究上，你的研究水平到了什么层次，找一个优秀的同行探讨一下很容易识别出来。如果你的研究水平达到了世界顶尖水平，估计也只有同专业的世界顶尖的专家才能感受最深，知道你的厉害。

"有机会为人民服务就全心全意，没机会就追求真理，达到天人合一的境界"是想表明，作为一名新时代的干部，仍然要把为人民服务当作自己的终生奋斗的目标，不断提高为人民服务的本领。即便没有合适的岗位、理想的级别权力，也不能荒废自己，要不断提升自己的学术水平和精神境界，以另一种方式来为人民服务。

常怀"五心",做好一名督学

在学区领导的关心和安排下,我从南江镇中心小学调到了平江县教育局南江学区,担任小学督学这一职务。职务的转变促使角色的转变。为了尽快适应新工作,我对怎样做好一名督学以及怎样在这个岗位上开展工作进行了认真的思考和逻辑分析。督学不同于一般的教师,既要站在一定的高度上来思考教学研究,从而指导教师在课堂上取得更佳的效果;又要视野开阔、思想超前,将一些有助于提高教学研究的新思想、新方法、新信息融入教学研究培训工作中。职位虽小,但责任重大,不敢懈怠。下面就我所负责的小学数学方面的督学谈谈我个人的想法:"常怀'五心',做好一名督学。"

爱心。爱因斯坦曾经说:"大多数人都以为是才智成就了科学家,他们错了,是品格。"在我们中国也有"才者,德之资也,德者,才之帅也"等名言说明德对一个人成才、成事有着至关重要的作用。做好一名督学亦是如此,要有爱心。只有对教育事业有爱心,我们对工作才能百倍投入、激情无限、精益求精;只有对教师学生有爱心,我们才能与师生关系融洽、同舟共济、荣辱与共;只有对社会有爱心,我们才能变得境界很高、无私奉献、追求卓越。我不禁想起2011年度《感动中国》中那对高义薄云的教师伉俪胡忠、谢晓君。他们为了使高原上的孤儿获得良好的教育，放下了苍老的老母亲，放弃了城市的高薪到那里支教。他们的爱心感动你我、感动中国，值得学习、必须学习。

细心。小学数学是一门与生活息息相关的课程。纯粹的数学概念枯燥无味，容易使学生产生厌倦情绪。我有着20余年的小学数学教学经历，在长期的教学实践中发现只要我们把生活中一些阳光的、充满趣味的事物同数学知识联系起来就会看到意想不到的效果，如此教师就会教得轻松，学生也学得透彻。有的教师说生活中的例子难找，真的难找吗？俗话说，生活并不缺少美，缺少的是发现美的眼睛。发现美的眼睛就是一双细心的眼睛。例如在生活中，我们会发现椅子坐起来有点晃动时，有经验的朋友就会在椅子下四边框的对角线上加钉一块板子用来加固。这不就可以与我们所教的"三角形具有稳定性"这个知识点联系起来吗？

虚心。教师一直以来是一个受人尊敬的行业，一方面是因为教师为祖国培养了大量人才，而另一方面是因为教师这个词代表着学为人师、行为世范的高尚品质。但我们切不可自以为是教师就可以怠慢学习了，更有甚者，故步自封、不思进取，老是与过去比，和自己比，不读书、不看报、不想事。子曰："三人行，必有我师焉。"我经常告诫自己：与其说自己是一名教师，还不如说自己是一名学生。因为只有做好了一名优秀的学生，我们才能做好一名合格的教师。作为一名小学数学的督学者，要时刻保持虚心学习的心态。在纵向上应多学习数学知识，可以是初中数学、高中数学，乃至高等数学以加深自己对数学的理解，从而对教研达到高屋建瓴的效果；在横向上要多了解各个学科的知识，养成爱读书、读好书、善读书的习惯，以提高自己谋事、办事的水平。

耐心。不久前经历了岗位的变换，从一名校长转变为一名督学。

虽然校长和督学都是为教育服务、为群众服务，但毕竟有很大的不同，我必须从零开始。督学需要沉得下心来搞研究，坐得住板凳去听课。简而言之，就是要有耐心。从头至尾认认真真听完每一堂课需要耐心；对所听的每一堂课进行细致地分析，并提供中肯的意见需要耐心；任工作中的事务多么繁杂困难，都能从容地面对更需要耐心。量变是质变的前提，只有有了量的积累才能达到质的飞跃。量的积累是一个需要耐心的过程。要想成为一个好的督学就得注重平时的积累，才能达到优秀督学的质变。

雄心。如果有了爱心、细心、虚心、耐心，那么具有"做好一名督学"的雄心就变得理所应当了。也许有的人会觉得当好个督学算什么雄心："位又不高、权又不重、钱又不多。"这种观点是极端错误的。盲目追求位置、权力、金钱，实现的只是个人的价值。这是自私自利、目光短浅的表现，不是雄心而是歪心、邪心。做好一名督学看似简单实则不简单，他必须以学校师生为本位，确立"为绝大多数师生谋利益"的价值取向。从教30多年来，我历经普通教师、年级组长、副校长、校长等多个岗位的锻炼，一路兢兢业业、任劳任怨、办事公道，积累了丰富的教学、处事经验。事在人为，督学我可以做好。

只要我常怀"五心"，在学区的坚强领导下，在全体师生的积极配合下，一步一个脚印地搞好工作，相信自己一定能够做好。

注：2012年，母亲从南江镇中心小学校长调到平江县教育局南江学区小学督学岗位上，我和母亲交流后，以母亲为第一人称写了一份演讲稿，其中包含了我对督学这一岗位的思考。

制度、科学、文化

我最近一直在思考,一个强大的国家需要具备怎样的条件。通过对中国近现代历史的分析,我发现这三个要素不可或缺,分别是优越的制度、先进的科学和厚重的文化。

1840年鸦片战争后,西方列强打开了中国封闭的大门,我们接连签订了《南京条约》《北京条约》等一系列丧权辱国的不平等条约,国家饱受摧残。当时很多的爱国人士想不明白,为什么中国有5000年的文化还会被外国列强凌辱。一部分清朝大臣率先觉悟过来,认为我们的科学技术水平尤其是军事水平与西方国家差距太大。于是,清朝开始了洋务运动,经过二三十年的发展,军事实力显著增强,特别是北洋水师号称亚洲第一。

可是,中日甲午战争,北洋水师全军覆没,也标志着洋务运动的破产。那时的国人开始觉醒,我们落后的是制度。于是维新变法、辛亥革命等先后发生,其实我们国人就是在努力寻找一个好的制度。

1919年5月4日,爆发了震惊中外的五四运动。五四运动高举"民主"和"科学"的旗帜,其实就是对先进的制度和科学技术的追求。

新中国成立以后,我们不断完善和发展社会主义制度,追赶世界顶尖科学技术，将马克思主义基本原理同中华优秀传统文化相结合。现如今，中华民族的伟大复兴指日可待。

我理解的供给侧结构性改革

有一次和两位年轻朋友交流的时候,其中一位问我什么是供给侧结构性改革。如果按照书上的理论讲给他们听,估计他们会听不懂。于是我打了两个比方。

第一个比方。过去我们去买西瓜,一般都是整个整个地买,水果店基本不提供其他服务。现在我们去买西瓜,只要顾客有要求,水果店都会把西瓜切好放进果盒里,放置些许水果叉,并将其密封好。相比过去,这就是供给侧结构性改革,加入了优质的服务在里面,吸引更多的消费者来购买。

第二个比方。我们现在的手机越来越先进,功能越来越多,科技感满满。手机科技含量高也在一定程度上促使消费者早日更新手机,促进消费。不断提升手机科技含量,这也是供给侧结构性改革。

听完后,他们两位似乎明白了。

总结过去、着眼未来、做好现在

人的一生总是生活在过去、现在、未来的动态关系中。处理好三者的关系，不仅宏观上对人类的发展产生影响，而且微观上对个体的工作生活会产生深远的影响。

对于过去，要从两方面看。一方面，我们要全面深刻地总结人类文明所有的成果，为我们所用，不论是中国的还是世界的，抑或是宇宙的，只要是对我们有用的，只要有利于人类发展进步，我们都要潜心学习，并且知识成果随着时间的累积越来越多。个体得有强烈的求知欲望，人类这个群体更要有极其强烈的求知欲。另一方面，我们要有清零的心态，尤其是对个体而言，我们既不能在过去的功劳簿上炫老本，也不能在过去的失败中一蹶不振，而是要有时刻清零的心态，全身心地投入新的学习中去。

对于未来，首先是不确定的，但我们要在总结好过去的前提下尽最大努力地预估未来发展趋势。预测未来的能力其实也是拉开人与人、国与国之间差距的一个重要因素。就像城市规划，如果看得远，对城市未来的发展规模预测得准，那么规划就会更合理，这样在很长一段时间都不用调整规划，避免了更多资源的浪费。

有了总结好过去和着眼未来的基础，那么做好现在就变得顺理成章了。当然，做好现在依然需要运用哲学思维，依然需要攻坚克难，依然需要脚踏实地。

要提高群众鉴别和使用物品的能力

丰富的物质供给是保障高质量生活水平的基础和前提，不过，我最近发现，有一些朋友虽然经济非常雄厚，但是生活质量不是特别高，他们认为商品是一分价钱一分货，越贵越好。诚然，足够的金钱可以买到自己心仪的商品，但是对商品的了解程度也在一定程度上影响着消费者的品位和生活的质量。

以服装为例，服装质量的好坏一般由外观和质地决定。外观体现了服装设计师的水平，水平越高，同质地的服装通常价格越高。对于外观，可以说是萝卜青菜各有所爱，不同消费者有着不同的喜好。但质地的层次感非常明显，像棉花加工后有很多种、蚕丝有很多等级、纤维也有很多种等，质地越好的越贵，穿起来也更舒服，例如大多数6A级桑蚕丝的衣服穿在身上就很舒服，但价格也比较高，一般千元以上。如果消费者对衣服的外观和质地了如指掌的话，那么更有助于其用合理的价格买到心仪的商品，这对他们提高生活水准很有帮助。

同样的道理，苹果有很多种，每个地方产的口感都不一样（例如陕西产的、山东产的和新疆产的苹果），不同种类的苹果口感差别更大（例如红富士、黄金维纳斯和青苹果）。如果消费者对苹果的种类和价格非常了解的话，也有助于购买喜欢的苹果，提高生活的品质。

自从在广州工作后，我比以前更喜欢喝茶了，主要是广州人特别喜欢喝茶，他们普遍喜欢喝普洱、凤凰单枞和大红袍等。茶的品种特别多，茶文化也博大精深，就我个人而言，我更喜欢喝绿茶和生普洱茶。不管喝哪一种茶，都很有讲究，那样才能喝出茶的感觉。一般情况下是先从品质低的茶逐步提高到品质高的茶，这样喝茶越喝越有味。如果一开始就喝好茶，那后面的茶就很难喝了。

　　可见，搞好物质文明建设要提高群众鉴别和使用物品的能力。

推动全县学哲学用哲学蔚然成风

哲学是关于世界观、价值观、方法论的学说。它具有非常广泛的范畴，中国文化的源头易经，儒家道家佛学思想，王阳明、弗洛伊德、黑格尔、罗素、萨特等哲学家的思想，各个学科、各个专业经过抽象，剥离上升到一般的理论，工作生活中悟出的道理等都是哲学。哲学的根本问题是思维和存在、精神和物质的关系问题，根据对这个问题的不同回答形成了不同的哲学派别。马克思恩格斯通过对各派哲学的归纳总结，去粗存精、去伪存真，得到了马克思主义哲学。

马克思主义哲学包括辩证唯物主义、历史唯物主义两个方面。主要有发展的观点、实践的观点、物质的观点、辩证的观点、群众的观点等。内容虽然不多，但在实际运用中比较难，需要反反复复实践，反反复复总结经验。

马克思主义哲学之所以是科学的是因为它没有穷尽真理，而是给出了追求真理的方法。马克思主义哲学本身也是不断发展的，不断总结实践得出新的理论来充实到新的马克思主义哲学中。

在人类文明几千年的发展过程中，哲学起到了至关重要的作用。

例如"道生一，一生二，二生三，三生千千万"，就告诉我们阴阳之间的互动可以造就万物，也就是发展联系的观点。

例如儒家的忧乐情怀、道家的道法自然、佛家的万物皆空都在潜移默化中影响着中国人。

例如从国际上看，欧洲文艺复兴期间思想的解放直接地推动了第一次工业革命和资本主义萌芽的出现。

例如毛泽东同志将马克思主义基本原理同中国革命具体实际相结合，创造性地开辟了农村包围城市、武装夺取政权的革命道路，成功引领中国革命走向胜利，形成了实事求是为核心的毛泽东思想。邓小平同志立足中国国情和时代特征，将马克思主义基本原理同当代中国实际相结合，推动了改革开放的伟大实践，创立了邓小平理论。习近平同志着眼于新时代中国国情和世界百年未有之大变局，将马克思主义基本原理同中国具体实际、中华优秀传统文化相结合，提出了一系列治国理政新理念、新思想、新战略，创立了习近平新时代中国特色社会主义思想。

学哲学用哲学就是要学会用哲学思维来思考问题，用哲学眼光来看待事物，用哲学方式来处理实践中的困难。

学哲学用哲学就是要具体问题具体分析，在符合客观规律的基础上充分发挥主观能动性。

毛主席曾指出："如果我们党有一百个至二百个系统地而不是零碎地、实际地而不是空洞地学会了马克思列宁主义的同志，就会大大地提高我们党的战斗力量。"

学哲学用哲学并不是要每一个人都深入地展开对哲学的研究，成为哲学家，而是应用被实践检验过的正确理论来指导我们的工作生活等方面。

对党员干部特别是领导干部而言，学习哲学一方面可以提高宏观调控、驾驭大局的能力，即在纷繁复杂的矛盾中抓住根本，在变幻莫测的事物发展中把握方向，在各种各样的困难中找到解决的基本方法。另一方面可以不断改进工作方法，提高工作效率。

对群众而言，通过学习哲学的基本观点来提高我们的工作水平和生活质量。不做糊涂事、不吃糊涂亏、不占糊涂便宜。

德国是一个哲学水平非常高的国家，据说他们一个高中生的哲学素养与我国一个哲学博士相当。正是有了哲学知识的普及，使德国在各个领域人才辈出，卓越企业家、科学家、大国工匠比比皆是。

新中国成立不久，在河南一些地区发起了一股全民学哲学的高潮，但碍于当时干部群众的学识水平、综合素质以及基本国情，这次学习热潮不了了之。

当前，我国已经进入新时代，国家的发展状况、人们的认知水平不可同日而语。大力推动干部群众学哲学用哲学已经日渐成熟。可以说提高全民哲学素养是实现中华民族伟大复兴的关键一环。结合我县实际，建议在干部群众中形成一股学哲学用哲学的浪潮。

一是鼓励干部群众读原著、学原文、悟原理，如《毛泽东选集》（特别是《矛盾论》和《实践论》）及《邓小平文选》《习近平谈治国理政》等经典名著，用来夯实理论基础，提升哲学素养，坚定政治立场，做到思想和行为时刻同党中央保持高度一致。二是鼓励干部群众在干中学、在学中干，经常带着问题认真学习，学有所用、学以致用，并善于从身边事物中总结规律，总结经验来指导实践。三是通过学习哲学为其他方面的学习起到提纲挈领的作用，全面提升学习能力、创新能力、丰富阅历、促进思考，塑造独立人格和精神。

千方百计拓展大龄农民工就业空间

农民工是我国重要的就业群体,就业事关千家万户的安定幸福。

国家统计局近日发布2022年农民工监测调查报告,2022年全国农民工总量达29562万人,比上年增加311万人,增长1.1%;而且2022年农民工的平均年龄42.3岁,比上年提高了0.6岁,也就是说农民工平均年龄逐年增长,农民工群体不可避免地呈现大龄化趋势。

当前国内经济呈现恢复向好态势,但恢复的基础尚不牢固。据最新统计,一季度全国城镇新增就业297万人,同比增加4%。3月全国城镇调查失业率5.3%,同比下降0.5个百分点,环比下降0.3个百分点。数据背后的就业形势仍然不容乐观。越到这个时候,越是要着力稳岗位扩就业,兜牢重点群体的就业底线。为此,中共中央政治局会议强调,"要切实保障和改善民生,强化就业优先导向"。

仅以一地为例。湖南平江,地处湘、鄂、赣三省交界处,总人口113万,是革命老区,全国著名的将军县、生态大县、文化大县。截至2023年3月,全县48.5万名劳动力中仍有19.09万农民工找不到适合的工作。据国家统计局平江调查队调查发现,大多数企业在招聘员工时存在着最大年龄限制。尽管大龄农民工就业意愿很强,53.3%的受访大龄农民工表示愿意工作到干不动为止;26.7%表示会继续工作到有老人和孙辈需要照顾时才停止，但大龄农民工的就业难度增加，竞争力明显不足。

破解大龄农民工就业压力，拓宽就业渠道是关键一环。4月14日召开的国务院常务会议提出，要突出稳存量、扩增量、保重点，既有力有效实施稳岗支持和扩岗激励措施，更大程度调动企业用人积极性，同时做好农民工等重点群体就业服务，多渠道拓宽就业空间。

要落实落细就业优先政策，把促进农民工群体特别是大龄农民工就业工作摆在更加突出的位置。有针对性地优化调整阶段性政策并加大薄弱环节支持力度，多措并举为农民工和用人单位纾困解难。

要持续扩大就业容量，引导农民工有序外出务工。支持稳定农民工就业岗位，重点支持农民工就业集中的建筑业、制造业、服务业企业渡过难关，发挥公共部门岗位、中小微企业吸纳就业作用的同时，更大力度开拓市场化社会化就业渠道，不断扩大就业的"蓄水池"，为大龄农民工创造更多就业岗位和机会。

要不断优化就业服务保障，兜牢重点群体就业底线。将就业登记、职业技能培训和工作介绍等服务有机衔接起来。畅通线上线下失业登记渠道，同等提供基本公共就业服务，支持有条件地区在农民工就业集中地区建立劳动维权咨询服务点，指导企业不得以年龄为由"一刀切"清退大龄农民工，为有就业需求的大龄农民工免费提供公共就业服务，做好托底安置。

就业乃民生之本、发展之基。稳就业是一项长期而艰巨的工作，要进一步强化政策引导，认真落实中央政治局会议精神，针对重点就业群体实施优先帮扶，扩大吸纳就业的源头活水，努力实现高质量充分就业。

注：本文发表在《中国信息报》头版。

五四青年活动发言稿

1919年爆发的五四运动对中国近现代史产生了深远的影响，标志着新民主主义革命的开端，促进了马克思主义的传播，为中国共产党成立做了思想上干部上的准备。五四精神的核心是爱国主义精神，那时的爱国青年以巨大的勇气和强烈的责任感扛起了"民族振兴"的大旗。作为新时代的国调青年，要传承好五四精神，把爱国主义精神贯穿至服务岳阳国调事业高质量发展中，下面谈谈我的几点想法。

青年要有强健的身体。以前我们常讲"身体是革命的本钱"，现在我想说，身体是搞好国调工作和铸就美好幸福人生的前提。为了鼓励青年学生学者多参加体育运动，强健体魄、为国效力，清华大学在20世纪50年代喊出"争取至少为祖国健康工作五十年"的口号，这一点我们的国调青年不能比他们差。同时，生命在于运动，运动是影响身体健康非常重要的一个因素。国调工作量大，加班加点是常态，青年要注意劳逸结合，在工作之余要保持适量的运动，有条件的可以打打球、爬爬山、跑跑步、跳跳舞等，使身体处于一个比较好的状态。

青年要谨小慎微。深圳市中级人民法院原副院长说过这样一句话："贪腐就像蝙蝠一样，只能在黑暗中翩翩起舞；正义就像鲜花一样，只有在阳光下才能看见它的美。"我初次听到这句话时，不由感慨他是一个很有政治智慧的人，可我后来得知，他因受贿和巨额财产来源不明罪被判处无期徒刑。我曾在广州工作，这样的例子看了很多，那些违法乱纪的干部之所以会走上犯罪的道路，主要原因是毫无敬畏之心，控制不了自己的欲望。做一名新时代的青年好干部看似容易，实则不容易，我们要在信仰和名利面前明辨是非、弃恶扬善，在诱惑和陷阱面前慧眼识真、正确判别，不图虚名小利、不染不正之风、不取不义之财、不为不法之事。如此，才能始终立于不败之地，走好走稳人生之路。

青年要虚心向前辈们学习。在我们平江调查队，有六位60后在平江队工作了几十年，他们积累了大量宝贵的经验，非常值得我们后辈学习。记得我刚到调查队工作时，我们的杨队带着我走遍了平江住户样本的所有记账户，在走访的过程中，我也深刻感受到了杨队深厚的专业基础和较高的业务水平。同时，市队领导每次到平江指导工作时，我都学到不少为人为学为政的智慧。

青年要团结一致向前看。一个单位是由每一个个体组成的。一个人的力量是有限的，但是团队的力量不容忽视。我在湖南大学读书的时候深刻感受到，每一个科学技术进步奖的获得都离不开科研团队所有人的努力。搞好团结要有容人之心，既要容得下长辈，也要容得下晚辈；既要容得下领导，也要容得下下属；既要容得下比自己优秀的人，也要容得下不如自己的人。刘德华的经典歌曲《中国人》唱得很好："一样的泪，一样的痛，曾经的苦难，我们留在心中。一样的血，一样的种，未来还有梦，我们一起开拓。"只要我们团结一心，搞好国调工作势在必得。

青年要夯实基础。我是学土木工程的，高楼大厦必须得有一个深厚扎实的基础。搞好国调工作亦是如此。一方面在平时的业务工作中，要学得扎扎实实。去年在搞脱贫县监测和农民工调查时，季报和年报的数据，我都是一个一个手工算出来的。虽然很费时间也很费脑力，但是使我对问卷里面专业词汇的意义、问卷间以及问卷与记账之间的逻辑关系、数据与现实的联系有了更深入的了解。今年我主要从事的是企业调查，包括CPI（居民消费价格指数）、PPI（工业生产者出厂价格指数）和PMI（制造业采购经理指数）调查，搞清这三者的概念和关联非常重要。特别是CPI和PPI的关系。理论上讲，CPI和PPI之间呈现正相关关系，因为PPI上涨会推动生产成本上升，生产成本上升又会导致企业提高商品价格，从而引起CPI上涨。但现实经济中，CPI和PPI关系复杂，受很多因素影响。如果CPI大幅上涨而PPI变化不大，可能意味着消费者需求旺盛，供给不足，这会导致通货膨胀；如果PPI大幅上涨而CPI变化不大，可能表明生产成本增加，企业盈利压力加大，这可能对经济产生负面影响；如果CPI和PPI是负相关关系，则可能说明服务在CPI的比重较大；等等。另一方面要注重统计基础知识和相关知识的学习。既要注重数学知识尤其是其中的应用统计学的学习，还要注重经济学尤其是宏观经济学、微观经济学、政治经济学、发展经济学、金融学等知识的学习。研究统计不能拘泥于统计知识。例如我的硕士论文研究的是非线性的识别，其实就是力学反问题，里面涉及非线性回归的知识，这些知识在统计应用中也能发挥作用。

  青年要有正确的方法论。在历史唯物主义和辩证唯物主义的基础上，坚持正确的方法论有助于搞好统计调查工作，重点从以下四方面着力。一是过去、现在和未来相结合，即通过时间的连续性和逻辑性来思考问题。例如因果关系和未雨绸缪的能力。二是宏观、中观和微观相结合，即通过空间的大小来看问题。例如分析国内经济问题，宏观是国家，中观是省市，微观就是县以下。宏观可以统揽全局，微观就比较鲜活生动，中观介于两者之间。国调工作亦是如此，我们要看到国家局、总队、市队和县队工作内容的联系和区别。三是普遍、特殊和个别相结合。即通过事物属性来看问题。普遍的方法其实就是哲学方法论，站得最高，放之四海而皆准，例如党的二十大报告有很强的普遍指导作用。特殊的方法其实就是一般科学方法论，例如工科和文科的思维方式，认识事物的方式就有很大的不同，工科思维可以细化，相比而言，文科思维更具整体性。个别的方法其实就是具体科学方法论，例如统计学、经济学、数学、物理等，它们都有其专有的思维方式，例如经济形势不能用游标卡尺读出来，也不能用显微镜看出来，这就说明经济学和物理学看待问题的方式是有区别的。所以，研究统计学既要看个性也要看共性。四是学习、思考、实践相结合，前一阵子，我在国家局工作信息网和统计研究看了10多篇关于测度的文章，得到几个方面的想法和大家分享。一是测度的算法多样，太简单了没有层次，算法太复杂容易失真。二是测度的内容基本围绕居民经济生活水平展开，比较实的指标例如经济水平比较好测，比较直观；相反，比较虚的指标较难把握，例如幸福感的测度。三是有些测度的结果与事实有出入。有的文章测度出来地区幸福感从2018年到2022年五年幸福感逐年递增，个人感觉不是很准，因为有其他方面的影响。四是测度的一手数据很难搞到，或者说有质量的数据很难搞到。五是测度是一个相对比较片面的结果，很难反映全局，也不好跟经济学知识结合起来分析。

青年要有忧乐情怀。党的二十大报告里面讲到"六个必须坚持"，其中有一项是必须坚持胸怀天下。胸怀天下一个很重要的方面就是《岳阳楼记》里面讲的忧乐情怀。调查研究要有强烈的社会责任感，积极为国分忧、为民解难，特别要注重对重大现实问题、经济社会发展中的突出问题、大众普遍关注的热点难点问题进行研究和探索，不为功名利禄所惑，不断提升精神境界，始终忠诚于祖国、忠诚于人民、忠诚于真理。

青年要勇于面对困难。人生不如意事十之八九，从来没有一帆风顺的理想人生。在人生旅途中，我们一定会遇到很多的挫折、困难，甚至是失败和绝境。但困难从来没有打倒过强者，反而使他们更加强大。在中国的历史长河中，这样的例子屡见不鲜，我们的绝大多数典籍都是圣贤发愤而作。周文王被拘禁时推演《周易》，屈原被流放时赋《离骚》，左丘双目失明作《国语》，孔子窘困之时编《春秋》，孙膑被挖去髌骨作《孙膑兵法》。如果没有经历"乌台诗案"和政治上的贬谪，苏轼估计也写不出"但愿人长久，千里共婵娟""一蓑烟雨任平生"等流传千古的诗句。所以，面对困难，我们需要做的不是逃避，而是坚守自己的理想信念，完善自己的为人处世，提升自身的知识技能，将旅途中的一切际遇，包括困难和挫折，都视作生命的恩赐，不断学习、不断进步。

最后，相信在市队领导的坚强领导下，青年干部精诚合作、艰苦奋斗，一定会为岳阳国调事业的高质量发展贡献青春力量。祝福岳阳国调事业蒸蒸日上，实现高质量发展，各位领导、各位同事永远幸福安康！

注：本文为我参加2024年岳阳国调系统纪念五四青年节活动的发言稿。

三下乡心得体会

今年（2009年），我有幸参加学校举办的三下乡活动。我们暂别象牙塔中的舒适生活，带着青年人特有的蓬勃朝气走入社会、了解社会、深入社会。在这几天实践中，我增长了见识，感受到了祖国农村发生着翻天覆地的变化。

这次三下乡的主题是"百名大学生党员助推科学发展"，地点是岳阳市岳阳县麻塘镇。麻塘镇地理位置得天独厚，北连开放的岳阳市区，南接繁荣的岳阳县荣家湾，西濒浩渺的东洞庭湖，东靠神奇的麻布大山，与岳阳楼区接壤，是连接岳阳市市区和岳阳县县城的唯一黄金通道。麻塘镇交通便捷，四通八达。麻塘镇产业兴旺，已经形成"畔湖绿（花卉苗木产业）""洞庭春（机械制造业的春天）""北湖养（特种水产养殖业）"等产业特色，正在努力打造"村村兴产业，组组强基础，户户增收入，个个创文明，处处展新貌，事事顺民心"的新格局。

这次三下乡，我们在当地党委政府的指导下开展了"五个一"活动，即开展一轮当地党委学习实践科学发展成果宣讲活动；撰写一篇当地社会经济发展的调查报告；论证一个适合当地创业发展项目；建立一组致富手机飞信群；关爱一批留守儿童。我主要负责问卷调查和撰写社会经济报告。

前五天，我们在八个村发放了社会经济发展调查报告问卷。内容涉及经济发展、工业发展、基础设施建设、和谐社会建设、科学发展和政府自身建设。通过挨家挨户地调查，在与老百姓的交谈中了解到人民的生活水平有了较大的提高，党的一些新政策给老百姓带来了很多实惠，老百姓对此赞不绝口。比如麻塘镇村村通了水泥路，村民们出行更加方便；国家实施了医保制度，农民看病难的问题得到了极大的改善；义务教育免除了学杂费，为农民减轻了一定的负担等。

同时，农村中还存在一些尚未解决的问题。例如在教育方面，农村留守儿童随处可见，他们的父母在外打工，只有爷爷奶奶在身边，心理上得不到足够的关爱，孩子的成长亟须得到关注。现在农村还不够富裕，高中和大学学费对许多家庭来说还是比较高。

从学生的角度来看，三下乡增强了我们在校大学生的社会实践能力，加深了我们对社会主义新农村建设的了解和认识，为我们以后走出学校、走向社会打开了一个窗口，是中国高等教育的一种创新；同时为当代大学生提供了一个新的舞台，提供了一个新的成长环境。

虽然这次三下乡的时间很短，只有10天，但是这种短暂的锻炼同样给我们带来了很多在学校无法体验到的东西，意义不可低估。对当地而言，三下乡社会实践为当地农村经济的发展注入了新的活力。一方面，我们将在学校学到的知识带到农村去，为农村经济的发展提出了一些建议。另一方面，我们也给当地老百姓提供了一个很好的机会去发表自己的观点，让他们紧锁在内心的话语得到释放。我们下乡受到了当地农民朋友的热烈欢迎和大力支持。

平时我们得到的知识基本来自书本，三下乡就像一本无字书，它让人大开眼界。它使我明白了一个团队要有互相协作的精神。在问卷调查阶段，我们分工明确、互相帮助，高质高速地完成了我们的任务。三下乡也使我看到中国农村发展迅速,人民生活水平不断提高,一座座小洋楼拔地而起,到处都是一片欣欣向荣的景象。

三下乡将会成为我这个暑假最美好的回忆。

注:这是我大二暑假参加完三下乡活动后写的心得体会。

公务员初任培训心得体会（一）

2015年一天的上午，来自市纪委的吕老师给我们讲授了一堂关于认识当前反腐形势的廉洁教育课。课堂上，老师旁征博引、设问有趣、循循善诱，用鲜活的事例和严谨全面的理论来分析当前我国以及广州的反腐形势，并与过去、国外相比较，找出其中原因，使我们深刻认识到反腐倡廉关系党的生死存亡，关系国家的前途命运，是一场长期、艰苦的战斗。同时，事例中的一些党员干部无视党纪国法的行为及他们的结果，触及我们的灵魂，给新任公务员深刻的警醒作用。

腐败有众多原因，有人性、文化、体制、外部环境等方面，但归根结底，一方面是权力没有得到有效的控制，没有在阳光下运行，没有关到制度的笼子里。另一方面，我们党员队伍的纯洁度建设还有进一步加强的空间。针对以上两个方面，下面谈谈我的一些看法。

一是依法治官。过去存在着单向度"法治"观念，一些人认为当了官，就可以为所欲为。过去我们讲法治，更多的是讲通过法律来"治民"，而更重要的是"治官"。十八届四中全会首次以"依法治国"为主题，说明国家越来越重视法治这一国家治理的基本手段，将有望开拓依法治国的新局面。卢梭曾经说："权力这东西，可以用来做好事，也可以用来办坏事。权力一旦失去约束，超越了法律的界限，就像脱缰的野马，产生难以预料的恶果。"官与权密不可分，只有让"治官"的理念不断深入人心，去掉一些官员身上的特权思想，才能让权力真正被关进制度的笼子里，真正全心全意为人民办实事。

二是从严治党。我们党是信仰马克思主义的政党，是全心全意为人民服务的政党，党员应当具备较高的政治素养、崇高的品德，并且严格要求、严格管理，严格的准入和淘汰制度应该建立。当前约有8000万党员，队伍人数极其庞大，大部分党员能够积极向上，将人民放在心中，但不可否认极少数党员早已忘记党的宗旨，滥用职权、违法乱纪，给党的事业拖了后腿。从严治党，可以从以下几个方面着力。一是要设立高的门槛，建立严格的准入制度，确保每一位发展的党员合格称职、宁缺毋滥。二是要建立严格的淘汰制度，持续开展党的群众路线教育实践活动，让每一位党员经得起人民的考察、监督，对那些不合格的党员要积极教育、从严考评。三是建立入党介绍人责任制度，促使入党介绍人在进行党员介绍时更加谨慎，对推荐的党员了解更加充分，当好"党"的伯乐。

作为一名天河区的新任公务员，定当常怀敬畏之心，敬畏党纪国法、敬畏人民群众、敬畏权力、敬畏学问、敬畏能力，一步一个脚印地扎根基层，为民服务。

公务员初任培训心得体会（二）

这个星期的课程以法律、纪律、广州市社情等内容为主，授课老师深入浅出、旁征博引、娓娓道来，极其生动，使我们深刻认识到依法治国、依法行政的重要性，同时也认识到作为公务员，应该让法治思维流淌到身体的每一个角落。

依照法律办事在某种意义上讲，就是依照规则、规矩办事，就是把公平带到每个人身上。法律意识、规矩意识淡薄的现象在我国经常可见。一方面，在生活中，一些同志经过红绿灯十字路口时，只要没车，不管是红灯还是绿灯都会穿行而过，在购买火车票、人多进站排队时经常插队。在他们看来没车时红灯不过马路、能插队时不插队那是迂腐的表现，存在投机取巧的思维。另一方面，在工作中，有很小一部分党员干部法治意识不强，不会用法治思维来解决工作中的问题，从而导致问题越闹越大，事情越变越多。

让法治思维、规矩意识深入人心极其重要。一方面，它可以大大降低我们工作的成本。譬如在工作中如果事事都按法律来、按规矩来，就很难出现冤假错案、执法不公、办事取证不完整、百姓不满意、官员腐败等现象，从而处事就会干净利落、保质保量，不走回头路，大大提高了效率。另一方面，讲法律、规矩可以使人民群众整体获得最大利益。譬如人人都不随地吐痰，不随地乱丢垃圾，人人走在大街上都会觉得舒服。正所谓，我为人人，人人为我。

通过这个星期的学习，我明显感受到我的知识得到了增加，法治思维逐步建立，对公务员权利和义务的理解不断加深。相信通过接下来的培训，我会得到更多的成长，为以后更好地工作打下坚实基础。

公务员初任培训心得体会（三）

岁月不居，时节如流，为期两个星期的公务员培训转眼就结束了，班主任的贴心照顾、老师的精彩授课、同学们的纯洁友谊和推心置腹的交流时刻萦绕在脑海，那么令人依依不舍，这或许是我进入公务员队伍以来最难忘的一段时间。课上听课拿培训的学分，课下思考拿做人的学分。两个星期以来，同学之间、师生之间的友情每日加深，给了我满满的正能量。这段时间我也看到了另外一个我，原来我有很多的闪光点，同时我也有那么多的缺点。

记得第一天开学的时候，我一早就来到培训班的教室，先到的同学热情地和我打招呼，我瞬时感到无比亲切，然后看到座位前的小袋子，里面有培训的教材、人社局印制的培训安排以及学员信息的小册子，顿时因这种周到的服务倍感温暖。没多久，班主任老师出现了，让我们眼前一亮，她温文儒雅、举止大方、非常稳重。随着领导的莅临、同学的不断增加，开学典礼如期而至，领导的讲话催人奋进、鼓舞人心，给我们指明了方向。接下来，我们开始了具体的学习，就我而言，从以下五个方面进行了总结。

虔诚地学习。来学习之前，我早已端正了自己的学习态度，告诫自己是怀着提高为人民服务的本领，解决工作中的实际问题，对学术的敬畏，对政府的感恩的心态来学习的，来不得半点儿马虎和松懈。培训期间，一方面，遵守培训中心的各项规章制度，做到不旷课、不迟到、不早退，上课认真听讲；另一方面，严格要求自己，发扬钉子精神来钻研学问，研究工作方法，明晰做公务员的规矩和道理。

全面地学习。培训班的课程设置独具匠心，既有十八届四中全会精神解读、广州市情社情介绍、公务员法解读，依宪治国、深化行政体制改革、服务型政府建设等理论制度方面的专题讲座，又有诸如公务员工作方法、应急管理、公务员良好形象的塑造及公共礼仪等实用知识，还有现场教学、专题讨论等活动。各位任课老师理论知识扎实、实践经验丰富，业务水平高、专业性强，讲课时旁征博引、内容丰富，运用比较的方法、辩证的思维、质的多样性原理深刻剖析所讲内容，让我们醍醐灌顶、拨云见日、打通心智，找到真理的真谛。

深入地学习。一堂课的时间终归是有限的，如果课后不去努力，那么对理论的理解只会停留在肤浅、片面、零碎、空洞的层次。为改变这种"半桶水"的局面，扎扎实实、深入地领会掌握老师课上所讲的内容，从而达到触类旁通的效果。课后我到知网、万方等数据库对一些老师，譬如主讲广州市情社情的章泽武老师，主讲服务型政府建设思路与重点的张青老师所撰写的相关论文进行了搜索和查阅，并展开思考，确保自己不放过盲点、疑点。

创新地学习。学习的目的归根结底还是用于实践，将所学的知识转化为工作能力。为了提高自己的创新能力，学习中一直在思考如何将所学知识转化为一名合格公务员具备的基本素质，如何将所学的知识紧紧地与城管执法工作结合起来，来优化工作的方式、提高工作的效率，使人民群众更加满意。

快乐地学习。两个星期以来，我们全班61位同学一起，与班主任和各位任课老师一道，朝夕相处、共同学习，一起进步、一起讨论、一起用餐、一起活动、一起交流，结下了深厚的友谊，快乐地度过了两个星期。每思至此，异常怀念。

两个星期的培训课对我们新招录的公务员而言是一场及时雨，一方面使我们更加了解公务员体制内的许多知识，有利于工作的开展；另一方面也明晰了作为一名公务员的权利与义务，有助于找准自己的位置和方向。同时，也看到了自身在理论水平、实践能力等方面还有较大的差距，需要下大气力改进。领导在结业典礼上的讲话让我们有了很大的触动，让我们深知当好一名公务员既要领会上级精神和意图，又要承接地气，还要有丰富的知识和阅历。作为一名城管执法公务员，我应从以下几方面努力，把工作搞好。

"自卑"地学习，不断提高政治理论水平和党性修养。一是原原本本地学习马列主义、毛泽东思想和邓小平理论，精读《毛泽东选集》《邓小平文选》《学哲学　用哲学》等书籍；二是不断学好业务知识，认真学习城市管理综合执法各项规范以及执法的方法来提高自己的工作能力；三是涉猎多方面的优秀书籍来丰富阅历、促进思考，从而塑造独立人格和培养独立精神；四是积极参加群众路线教育，始终保持正确的政治立场，坚决贯彻执行党的路线、方针、政策来指导自己的实践，坚决抵制腐朽文化和各种错误思想观点对自己的侵蚀。

"自信"地工作，忠诚履职，踏实工作。一是牢记全心全意为人民服务的宗旨，顾全大局，不计较个人得失，"底气十足"地参与工作；二是老老实实、精益求精地完成工作内容和领导交代的其他任务；三是做到乐于奉献，处理好和同事之间的关系，积极向同事学习业务知识，主动向同事提供帮助。

"自律"的作风，不断加强综合修养，增强拒腐防变能力。一方面要作风正派，尊敬领导、长辈，善于团结同事，有正确的地位观、利益观和良好的道德风尚。另一方面要从严要求自己，追求简单的生活，怀感恩之心、弃非分之想，不参与任何有损党、国家、集体利益的事情，合理处理好工作、学习和生活的关系。

"自己"的思想，增强责任担当意识，提高创新能力。城市管理是当前我们国家在历史时期所面临的现实难题。作为一名公务员、一名研究生，就应以"城市管理"为自己的课题展开研究，为城市管理出谋献策。一方面要积极查阅城市管理相关论文，了解过去、现在国内外城市管理状况。另一方面要沉下基层，一线执法，最终将理论和实践紧紧结合起来。

充实快乐的时光流逝得总是那么快。通过本次公务员的培训学习，砥砺了品性、增长了知识、开阔了眼界、陶冶了情操、认识了朋友、结下了友谊，使我更加了解了作为一名公务员应该具备的基本素质、应该履行的义务和承担的重任。在以后的日子，我一定会一如既往地虔诚学习、全面学习、深入学习、创新学习、快乐学习，开动脑筋，理论联系实际，争做一名优秀的公务员。

关于科学的感想

现在我们的科学家普遍达成一个共识，这个宇宙是不确定的、无序的、运动的、非线性的等。随着量子纠缠、暗物质、暗能量、超微观世界等事物现象的发现，人们对宇宙的认识不断加深，甚至在颠覆我们以前的认知。

举个例子。万有引力定律的发现是人类认识客观世界的一大进步，在万有引力的基础上，电学、热学、光学等规律的发现完善到后来爱因斯坦的相对论等，人类在一段时间曾经认为物理学已经被研究得差不多了，没有太多剩余空间。然而，随着量子等学科的发展和人类对宇宙探索的不断加深，我们发现万有引力定律确实存在，但必须加上一个范围，因为还有许多地方是不适用的，量子纠缠就是这样一种情况。同时，除了万有引力，两个有一定距离的物体之间还存在其他的作用。

科学认知的发展，影响的不仅仅是物理这一个学科，而是人类已有的所有认知。例如哲学里面有一个词叫物质。物质是构成宇宙间一切物体的实物和场，是宇宙中的基本成分，是一切实体的基础，这个解释和马克思提出的物质是有出入的，至少像当代发现的暗物质马克思并不知道。物质决定意识是否正确，随着科技的发展恐怕也要加一个定义域。

人类的进步就是一个慢慢摸索了解客观世界的过程，我们曾经一直认为客观世界都是有规律的，根据科学规律我们创造了汽车、手机、高楼等。对个体而言，我们摸索人类发展和人类文化经济生活的规律，使我们在这个社会中生活得更好。然而，所有的规律都是有范围的，自然规律是这样，人类的规律也是这样。我们常说动物世界是弱肉强食的，弱者在强者面前是得不到怜悯的，然而在人类世界是不一样的，很多强者还是会怜悯弱者，甚至帮助弱者。

最近在学习经济学的一些知识，有些学者经常提出经济危机或金融危机的周期性，甚至认为经济有它的周期性，站在宇宙不确定的角度来看，这完全是谬论。人类在宇宙中何其渺小，我们要通过对宇宙的认识来不断更新现在的知识，至少该加个定义域。

我最近在思考一个问题。现在我国每年的大学本科以上毕业生几百万，呈现的是一片人才济济的现象，但尖端一流的人才屈指可数。

我们缺的不仅仅是科研人才，还有有学识有文化的官员、专业技术人才等。大众的大局意识发展理念等还很匮乏，这些对我国科研发展的影响是非常大的。

现在国家经常提系统观念，其实科学的推进也要重视系统观念。随着我们对宇宙的认识不断加深，我们人类的发展也会不断前进，这是相互联系的，而基础学科的研究就是对客观事物高度科学地分析。所以我们要重视基础科学。

想了这些东西，没有主题，不成体系。真诚希望祖国越来越好！

向余书记取经

这几天,小兄弟琛祺到我家来玩。为了使琛祺对平江的农村现状有一个比较清晰的了解,7月13日我和琛祺到平江县安定镇干部余书记家拜访。

余书记是平江县安定镇人,年轻的时候在外创业。步入中年后回家乡先后担任了10多年的村主任和村支部书记,后因为工作出色转为正式干部,目前在平江县安定镇工作。由于长期在基层一线工作并担任村级组织一把手,余书记具有非常丰富的农村工作经历和经验,加之余书记总结归纳能力非常强,将自己的很多经验上升为理论,非常值得我们学习。通过与余书记的深入交流,我和琛祺受益匪浅。余书记主要阐述了几个方面的内容。

一是要用"心"看问题。现在的基层工作事情多,牵扯的关系也比较复杂,需要具备独立思考问题的能力。余书记特别强调,听到的不一定是真的,看见的也不一定是真的,只有细心观察、深入思考,用"心"看问题才能找到事物的本质,才能把关系搞好、把事情做好。现在镇村干部的学历越来越高,有文化当然有助于搞好农村工作,但切不可当"书呆子",要善于将文化理论知识与农村工作实际相结合。

二是要"在什么山，唱什么歌"。现在各个地方的基层实际情况不一样，社区和村部不一样，村与村之间不一样，乡镇和村也不一样。在不同的岗位，面对不同的实际情况要做出不同的反应。同时，现在农村大部分人都是老人、小孩和妇女，年轻人基本都在外面打工，那么跟不同的人交流就得采取不同的方式。同老人就要多交流风土人情，跟小孩就要多谈学习，跟妇女就要多拉家常，跟年轻人就要多聊怎么赚钱，这样就能拉近和群众的关系，培养好与群众的感情，更有利于搞好工作。

三是要尊重农村风俗。虽然我们国家提倡走城乡一体化道路，但农村和城市还是有很大的不同。城市基本是"陌生人"社会，人情不像农村看得那么重。农村很多事情都很有讲究，例如丧喜事就有很多程序和地方文化特色。又比如在农村吃饭的时候，对座位的尊卑看得比较重。

四是要具备真挚的为民情怀。农村基层工作非常艰辛和繁重，同时收入不是很高，特别是村干部，收入微薄，没有为民情怀是搞不好的。余书记说2024年7月1日，平江发生自1954年以来最严重的洪灾，镇村干部深入一线、靠前指挥、无私奉献，为平江抗洪救灾和灾后重建做出了巨大的贡献。余书记还说现在平江很多地方的村支书都是当地比较成功的老板或乡贤，他们都有一种无私奉献的精神，愿意把自己的智慧和勤劳融入乡亲们发家致富的征程中。

通过认真倾听余书记的讲课，我和琛祺受益匪浅，深知"与大地贴得越近，看天空才会更远"。

学术漫谈

三本书

10多年前，那时我正在湖南大学读研究生。当时的平江县县长向全县党员干部推荐了三本书：《谁动了我的奶酪》《致加西亚的信》《如何把事情做到最好》。当时我还只是一名学生党员，并不是干部，但怀着强烈的求知欲把这三本书都看了，看过后获益匪浅。

《谁动了我的奶酪》讲了一个小故事：哼哼和唧唧在无数各式各样堆积如山的美味奶酪面前，尽情享受着不劳而获的美味，沉浸在无边的满足感和喜悦感当中。慢慢地，他们滋生了惰性，失去了危机意识，察觉不到周围的变化，以局限的思维幻想着奶酪用之不尽取之不竭，这种不劳而获的假象是十分危险的。后来唧唧发生了转变，意识到奶酪总有吃完的一天，并且旧的奶酪会变质，必须寻找新的奶酪。于是他开启了一段寻找奶酪的历程，经过自己的努力，他找到了更多的奶酪，随着奶酪的变化而变化，并且享受变化，他的人生也得到历练，得到了真知。在现实生活中，社会关系纷乱复杂，宛如故事中的迷宫。人们要想时时审时度势，做到积极适应变化绝非易事。这就需要人们摒弃过去对工作和学习造成消极影响的态度与看法，改变落后的习性，更新旧思想，就像书中的嗅嗅和匆匆一样，始终保持警惕，不懈怠不放松，不在安逸的环境中消沉，不被胜利的果实夺取上进心，才能永远品尝到新的奶酪，才能立于不败之地。事情发生了改变，就再也变不回原来的样子了，我们要顺应时代的变化，而不是在原地踌躇不前。

《致加西亚的信》讲述的是一个叫罗文的美国陆军中尉，在对收信人身在何处和对送信路线完全不明的情况下，独自一人在危机四伏的异国他乡，凭着心中对祖国的忠诚和不辱使命的信念，以坚韧不拔的勇气和超乎常人的毅力战胜了种种困难，最终完成总统交给他的任务——把信交给加西亚将军。像罗文这样的人，不需要去监督，而且具有坚毅和正直的品格，他们就是改变世界的人。

《如何把事情做到最好》这本书有三部分，分别是：怎样才能把事情做到最好，把事情做到最好的五大要素，把事情做到最好的高效方法。该书以其独特的视角告诉人们：把事情做好是一个过程而不是一个结果，在整个过程中，过于目标导向只会使你失去长期进步的潜力。一旦选择了把事情做好的道路，你就必须放弃短期的利益，放弃对目标的过于执着，重视方法、重视基础、重视长期付出，保持虚怀若谷，攻坚克难，才能把事情做到登峰造极的程度。

这三本书可以说是非常有正能量的，有利于提高思维能力和实践能力。

阴阳之道

《易经》是中华文化的源头活水和重要经典,学好《易经》先要弄通阴阳之道。阴阳之道主要有两个方面。一方面,凡事有阴有阳,例如政策是阳,策略是阴;原则性是阳,灵活性是阴。其实就是一种辩证法,要辩证地看问题。另一方面,阳生阴,阴阳之间的互动造就万物。其实就是要联系、发展地看问题。《易经》本身是朴素的哲学,用哲学的观点来解剖《易经》更有利于活学活用《易经》。

百家争鸣

百家争鸣是指春秋战国时期知识分子中不同学派的涌现及各家族流派之间争芳斗艳的局面。据《汉书·艺文志》记载，数得上名字的一共有189家，4324篇著作。其中流传较广、影响较大、较为著名的有12家，后发展成学派。

百家争鸣是中国历史上第一次大规模的思想解放运动，有力地推动了中国历史的发展，也是中国学术文化思想发展史上的重要里程碑。各家之间互相辩驳，又互相影响、取长补短，基本上形成了中国的传统文化体系。可以说，百家争鸣产生了非常积极的作用。

回过头看，百家争鸣也有其糟粕的一面，争鸣有余，融合不足。儒家学派的人认为儒家的思想好，道家学派的人认为道家的思想好，法家和墨家也认为自己的思想好等，让我们争执太多，而没有虚心地去学习他人的优点。如果争鸣过后，儒家、道家、法家、墨家等流派的人能够坐在一块儿拿出一套包容并蓄、博采众长的理论来，这样对中华文化的推动会更大。

之所以能发展成为学派，说明儒家、道家、法家、墨家等都有其适用的一面，什么时候什么条件什么境遇选择用哪一家的思想才是流派形成后应该研究的重点，或者怎么整合，怎么走融合创新道路。一味地坚持某一家，不兼容他派优点，本身就有局限性。

百家争鸣要有谦虚的态度。在思想交流中，据理力争当然是对的，但是当自己没理时，要善于用别人有道理的东西来完善自身的理论，而不是排斥、打压不同意见。

总而言之，对待百家争鸣，要运用"扬弃"的思想。积极的一面我们要保留，不好的一面我们要改进或摒弃。百家争鸣后走融合创新之路，这样我们的思想才更全面、更开阔，更能满足时代的要求。

舅舅推荐的三篇文章

读初中和高中的时候,舅舅在乡镇担任主要领导干部,那时的他非常爱学习,也非常喜欢和我交流。我记得他给我推荐过不少好文章,其中有三篇让我至今难忘。

第一篇是《梦想皆有神助》。文中讲述了2002年诺贝尔文学奖获得者凯尔泰斯·伊姆雷奋斗的故事。他为了实现自己儿时的梦想,谨记母亲的鼓励,克服千难万苦,孜孜不倦地投入写作中去,最后他梦想成真,获得了诺贝尔文学奖。他的故事一直激励着我,当你只有一个目标时,全世界都会给你让路。

第二篇是《生命的石像》。文中写道:"检验人的品质有一个标准,就是他工作时所具的精神。你的工作就是你的生命的石像。从事工作,你必须不顾一切,尽你最大的努力。如果你对工作不忠实、不尽力,那将贬损你自己、糟蹋你自己。"那时的我虽然还是个学生,但是该文让我深刻体会到,不管是对待学习还是将来对待工作,一定要有认真的态度,一个对学习对工作认真的人,人品一般差不到哪去。

第三篇是《一盎司》。文中写道:"许多人能获得事业上的成功,就在于他们比别人多做了那么一点,也就是多一盎司。只是多一盎司，但其结果、所取得的成就及成就的实质内容方面，经常有天壤之别。"这篇文章和第二篇一样，都是在鼓励我们勤奋努力地搞好学习和工作，这样才能在事业上有所成绩。

重视基础

中国有句谚语："基础不牢，地动山摇"；《道德经》里面讲："合抱之木，生于毫末，九层之台，起于累土，千里之行，始于足下"；《礼记·中庸》里面讲："行远必自迩，登高必自卑"等，都说明打好基础的重要性。我们经常用"夯实基础"来表述打好基础的不容易。"夯"字上面是"大"，下面是"力"，意思是打好基础需要花费大气力。

在当今土木工程中，一栋高楼的建立一般要经过规划、勘察、建筑设计、结构设计、土方工程、工程建造、装修等过程，往往有一半左右的时间花在工程建造开工之前，而开工之后又有一半时间花在地下部分，并且地上部分建得越高，基础需要打得越深越牢靠，投入的时间、精力、成本就越高。

以体育项目中的篮球为例。科比·布莱恩特是一位非常勤奋的球员，每天最早一个去篮球场，最后一个离开，训练极其刻苦，对自己要求非常严格，不管是对每一个动作还是自己的身体状态，他每天都要坚持投1000个3分球。相比而言，麦格雷迪有着更为杰出的篮球天赋，包括他的悟性和惊人的弹跳力，他曾经在一场比赛中的最后35秒获得13分，实现惊天逆转，足以说明他天赋异禀。那个时候许多国内外的球迷和媒体，都喜欢拿科比和麦格雷迪两人做比较。在我看来，其实两者并没有太多比较的意义，麦格雷迪和科比·布莱恩特不在同一层次。麦格雷迪虽然有时候发挥很出色，令球迷非常激动，但不稳定，驾驭球赛特别是激烈的季后赛的能力不是很强。相比之下，科比发挥非常稳定，绝大部分比赛都是得分20分以上，并且掌控赛场的能力很强，经常凭一己之力决定赛场胜负走向或力挽狂澜，游刃有余间霸气十足。这都是建立在科比日复一日、艰苦卓绝的练习之上，换句话说，他拥有一般运动员没有的基本功。

金庸武侠小说《天龙八部》里面的主角乔峰是一位基本功很扎实的人物。乔峰擅长的功夫主要是少林的内功外加降龙十八掌、打狗棒法、擒龙手等。说实话，这些功夫在《天龙八部》里并非最上乘的武功，但是乔峰凭借扎实的基本功，使降龙十八掌、擒龙手威力剧增，单挑庄聚贤、慕容复、丁春秋三大高手联手不落下风，跟武功修为在自己之上的慕容博打成平手等。由此可见，扎实的基本功在实战中所发挥的威力不容他人小觑。

我们的文化学习又何尝不是如此呢？我在大学和研究生期间学习了7年的土木工程专业。硕士毕业后回头看，我发现学好土木工程需要把基础打扎实。土木工程的基础核心课程是数学和力学，其次才是专业课。

首先，学好高等数学、工程数学、概率论这三门数学课程是基础中的基础。对一些数学定理、定义、推断要精确理解其中的意义和适用范围，同时要通过反复练习加深对数学概念的理解。例如"$\lim A + \lim B = \lim(A+B)$"公式存在的前提是极限A和极限B是存在的。例如偏导数、洛必塔法则、拉格朗日定理、泰勒公式、不定积分、定积分、二重积分、三重积分、常微分方程、秩、逆矩阵、正态分布、置信区间等基本概念要熟练掌握，这些基础知识很多会在力学以及后面的研究生学习中遇到。

其次,要扎实掌握基本重要力学的原理。大学期间主要学习了理论力学、材料力学、结构力学、土力学、流体力学这五大力学。这五大力学的基础直接影响后续专业课的学习。这里面理论力学是基础,涉及力学中的基本问题,像力的平衡、动能、动量的平衡等;材料力学从应力应变的角度来分析问题,着重分析构件的受力问题,像受压、受扭、受剪、受拉、受弯、偏心受压受拉等。结构力学一般以一个结构为研究对象,通过力的平衡或杆件的变形来建立平衡方程来求解未知力,是结构工程、桥梁隧道工程专业必会的专业力学课程。土力学主要研究土质及其力学性能,是研究岩土地下部分必会的专业力学课程。流体力学是研究流体进行机械运动规律及其科学的学科,在跨江跨海结构中应用特别多。

再次,专业课程众多,如果把数学、力学学好了,学起来就容易多了。土木工程常见的专业课有CAD、画法几何、房屋建筑学、土木工程材料、土木工程测量、混凝土结构基本原理、混凝土结构设计、钢结构设计、砌体结构、项目管理、桥梁工程、基础工程、隧道工程、结构抗震、高层建筑等,其中主干课程的核心是结合材料的性质,运用数学力学原理设计结构,并完成施工。

另外,如果只是要成为一名普通的结构设计师或建造师,学好大学本科的理论完全够用了。关键在于多实践,多熟悉规范,具备解决实际问题的能力。

如果说大学的教育是通才教育,那么研究生期间的教育就是专才教育。专才教育依然要建立在通才教育之上。

研究生阶段,考虑问题的方式和本科有很大的不同。从通才教育向专才教育转变,从被动学习向自主创新学习转变。以结构工程为例,本科研究的基本都是静力的关系,而研究生阶段开始研究结构动力学；本科研究的基本都是线性方面的问题，而研究生开始研究非线性问题；本科需要学习常微分方程，而研究生需要学习偏微分方程；本科通常力学正向思考解决问题，而研究生期间还要学会分析力学反问题，逆向思考。除此之外，有限单元法、计算机语言编程、地道的英语论文、创新点的捕捉等都会使人的思维更加活跃。同时，研究生期间所开展的课题研究要针对导师的优势方向学习，把导师最厉害的地方学到手，这样才能在最短的时间内得到最快的成长。

应用经济学科也不例外。2023年，我才开始接触经济方面的工作，但不能说是零基础，因为之前学过工程经济、数值分析、应用统计学等课程，加之撰写硕士论文运用了MATLAB软件编过程序，又有一点宏观经济学的基础，于是我很快对应用经济工作有一个比较深刻的认识。

最近在看《政治的逻辑》这本书。作者非常重视对马克思主义政治学原理的研究。马克思主义政治学原理强调马克思主义经典作家本人对政治现象和政治活动所做的原理性分析和论述（例如政治是经济的最集中的表现，政治是各阶级的斗争，政治是参与国家事务，政治是一种科学和艺术），而不是我们用马克思主义的基本方法和基本观念来分析政治现象与政治活动。"马克思主义政治学原理"和"马克思主义的政治学原理"虽然只有一字之差，但差别甚大，研究马克思主义政治学原理是研究马克思主义的政治学原理的基础。物理学也是一样，只有把物理原理搞清楚，才能用物理原理分析物理现象。

很多人都在学党的二十大报告、《习近平著作选读》等习近平新时代中国特色社会主义思想方面的知识，如果没有扎实的理论基础，很难学深悟透、知其然也知其所以然。原原本本地学习《马克思主义哲学基本原理》《资本论》《毛泽东选集》特别是《矛盾论》和《实践论》等，对搞好现在的理论学习大有裨益。

党的二十大报告中提到"六个必须坚持",其中有一个是必须坚持守正创新。这是马克思主义中国化时代化最新成果中一个很重要的成果。守正创新,通俗点儿讲就是站在巨人的肩膀上成长。把前人的知识经验很好地消化,把基础打牢就是守正的过程,是创新的前提。

打牢基础在某种意义上讲也是一种方法论,是人们学好文化、掌握技术乃至认识世界改造世界的一个普遍方法。

所以,请重视基础!

为长远发展积聚能量

这几天，研究生录取国家线和一些学校的分数线会陆续公布。大学毕业后，是就业还是深造，每个人的看法都不一样。文凭的含金量虽然大不如前，但知识没有贬值，竞争依然激烈。我个人认为，如果不是特别厌恶学习，没有错失重大机遇，还是应该继续深造，为长远发展和完善自我积蓄能量。研究生阶段，考虑问题的方式和本科有很大的不同。开始从通才教育向专才教育转变，从"填鸭式"学习向自主创新学习转变，对个人来说，这个跨越是很难的，我当时花了较长一段时间才适应过来。以结构工程为例，本科研究的基本都是静力的问题，而研究生阶段开始研究结构动力学；本科研究的基本都是线性方面的问题，而研究生开始研究非线性问题；本科需要学习常微分方程，而研究生需要学习偏微分方程；本科通常用力学原理正向思考解决问题，而研究生期间还要学会思考力学反问题，用逆向思维解决问题等。另外，高等专业课（《有限单元法》《弹塑性力学》等），计算机语言编程，严谨的中英文学术论文阅读写作，抓关键词和捕捉创新点的能力，特别是一些大牌教授的授课和指导等都会使人具备更高维度的思维能力。记得土木院一位很牛的老师曾说："我这个人没什么本事，只会在混凝土里面配几根钢筋而已，有时还是多配钢筋，少动脑筋。"还有一位很厉害的老师说过："土木结构研究的最高境界是'庖丁解牛',透过现象看本质。"真是令人心悦诚服,回味终身!

读史求实

历史有两种，一种是过去发生的事情，一种是后来人对过去发生的事情的认知。通过读"后来人"的认知来认识过去发生的事情就是一个读懂历史的过程。然而，要读懂历史实在不容易，哪怕一些名家的经典著作中都能发现与历史事实不相符的内容。因为历史的东西是过去，不可能还原，哪怕当时用摄像头记录了事情的经过，但一定会有遗漏，不可能全方位记录，也不可能把来龙去脉全部记录清楚。研究历史要从事实出发，运用科学的分析方法读史求实。

《二十四史》和《清史稿》是中国古代至近代最重要的官修史书集合，但这些书很多都戴着有色眼镜看问题，完全照信实在不可取，有些甚至违背科学常识。例如《明史·王守仁传》中记载王阳明是他母亲经过怀孕14个月才出生的，这样写无非就是衬托王阳明的与众不同。所以，读历史、研究历史有几个方面要注意。

读史要尊重历史中发生的事实，辩证地看史学家的观点。中国古代史中某一个朝代的史书基本由下一个朝代的史官编写，为了维护统治阶级的利益或者满足自己的喜好，陈述的观点往往会带有一定的偏见，但正史中发生的事件一般情况下是真实存在的。例如明朝1368年建立、郑和下西洋、土木堡之变、宋徽宗毛笔字造诣高（有著作流传)、清军入关等都是历史事实，不容怀疑。但朱元璋是个暴君，吴三桂因为陈圆圆叛变明朝等只是观点和推测，是否与事实相符我们无法得知。因此我们要尽可能考虑周全，从不同角度、不同层面来分析，提出与事实最接近的观点。

读史要将事迹和作品物品相结合展开研究。历史人物很多都有作品或文物流传下来，像王羲之的《兰亭集序》、"唐宋八大家"的作品、各个朝代的瓷器等。通过将史书的记载和对作品物品的鉴别结合起来能更准确地把历史上的人和事看清楚。很多人都认为苏轼是一个有趣的人。纵观他的一生，他的仕途充满坎坷，10多年都在被贬谪，甚至因为"乌台诗案"进了牢房。但他有趣的灵魂从几个方面可以看出：一是他活了64岁。在古代有这么长寿的人比较少，受了这么多委屈和排挤还能活这么久，说明他很乐观。二是从他的作品可以看出他是一个豪放、豁达、重情重义的人。例如他的《念奴娇·赤壁怀古》里写道："大江东去，浪淘尽，千古风流人物"；他的《定风波》里面写道："莫听穿林打叶声，一蓑烟雨任平生"；他的《水调歌头》里写道："但愿人长久，千里共婵娟"等。三是从他的事迹可以看出他是一个热爱生活的人。例如他以"东坡居士"自称，发明了东坡肉，到了岭南后写出"日啖荔枝三百颗"的诗句等。

读史要注重历史的科学性、逻辑性、规律性。历史是有时间顺序的，是一环扣着一环的，有因果关系。前一阵子我看到一个猜想，说诸葛亮很有可能就是郭嘉，因为两人都很聪明，并且郭嘉死后诸葛亮才出山，猜测郭嘉在曹操那是诈死。这样的猜测严重违反历史常识和历史逻辑，经不起推敲。两人虽然都以聪明著称，但两人聪明的侧重点不相同，为人处世、行军打仗的思维方式大相径庭。同时，郭嘉和曹操关系非常密切，并且那时曹操基本统一北方，实力很强，郭嘉完全可以助曹操完成霸业，没有理由投奔刘备。而且，能够被刘备三顾茅庐的人肯定是底细被他摸得非常清楚的人。历史也有它的规律性，例如电视剧《少年包青天》中有一句话很经典："历史是由血写成的，江山亦是以白骨堆起来的。"这句话就说明历史中朝代的更迭、皇位的争夺、政权的交替都会有大量的人付出生命、做出牺牲，这与历史事实是相符的。

读史要区分历史事实和小说演义。为了使历史更加好看，更有艺术性，不少小说家对历史进行加工，使读者读得津津有味，但是这也在一定程度上歪曲了群众对真实历史的认识。神话小说《封神榜》将商纣王进行了丑化，将他描述成一个痴迷美色、陷害忠良的暴君；明代小说《金瓶梅》为了满足故事情节的需要，将历史中的潘金莲低俗化，塑造成一个攀附权贵，杀死丈夫，淫荡的人物；四大名著之一的《三国演义》为了艺术需要，将诸葛亮、关羽神化，将曹操丑化，分别展现了智绝、义绝、奸绝的形象。另外，《三国演义》中的"空城计""温酒斩华雄""桃园三结义"等都是历史中不存在的。所以，一定要分清历史和小说演义的关系，不能因为抗日神剧就认为抗日战争的胜利是多么容易。

读史要用现代眼光来看待历史。历史的车轮总是不断向前进步的，特别是近几百年，科学技术突飞猛进，各个学科研究不断深化，也助推着人们看待历史的眼光更深刻。党的二十大提出，要把马克思主义基本原理同中华优秀传统文化相结合，其实就是用现代眼光来看待历史。以清朝乾隆皇帝为例。乾隆皇帝在位60年，太上皇3年，在他的任内，国家比较稳定，他善于运用帝王之术，例如牢笼志士和闭关锁国，他想让聪明人都钻研"经史子集"，禁锢先进的思想，闭关自守。虽然他的统治带来了几十年的稳定和经济的发展，却在那时错失融入世界发展大潮流的机会，中国科学技术的发展远远落后于世界。那时的欧洲文艺复兴、工业革命，资本主义蓬勃发展。乾隆虽然

"智慧",但他在某种程度上拖了我们国家的后腿,后来遭受百年屈辱是从他那里开始的。

俗话说,读史使人明智,以史为镜可以知兴替,但前提是读史一定要求实,使用正确的方法来分析。

读《论语》有感

《论语》这本书记载了孔子及其弟子的经典言论，是儒家学说和四书五经中经典的典籍。经过这些年的学习，我感悟良多。

以《论语》为代表的孔孟之道自从汉武帝时开始"罢黜百家，独尊儒术"后，一直成为封建时期主流的思想流派，但由于统治阶级为了达到便于统治、思想禁锢，后来的儒学是有点变味的，因此后来尊孔批孔的思潮都存在，甚至对立。

新时代看待《论语》要运用正确的方法论来解剖，即用辩证唯物主义和历史唯物主义的方法。

宋朝开国宰相赵普曾说："半部《论语》治天下。"这是对《论语》极高的评价，因为《论语》中有大量的表述跟为政为人为学相关。例如"为政以德，譬如北辰，居其所而众星共之"。这说明《论语》提倡统治者实行德治。《论语》还教人做君子，例如"巧言令色，鲜矣仁"，说明做君子不能夸夸其谈。例如"吾日三省吾身：为人谋而不忠乎？与朋友交而不信乎？传不习乎"，说明君子要忠诚、诚信、注重学业。另外，《论语》在为学这一块也有大量的思考，例如"温故而知新，可以为师矣""学而不思则罔，思而不学则殆"等，告诉我们怎么搞好学业。可以说，《论语》的积极作用是值得肯定的，它的主流思想也是符合社会主义核心价值观的。

然而，看问题不能孤立地看，要联系辩证地看，《论语》毕竟是两千多年前的产物，有些表述还是有其局限性。

首先，看待《论语》要用发展的眼光。《论语》里面讲"父母在，不远游，游必有方"。大概的意思是如果父母年纪大了，那么作为子女就不能出行太远，如果必须出门远游，则要安排好照顾好父母的方法，以尽孝道。当今世界，科学技术日进千里，交通非常便捷，飞机、高铁、高速公路等让我们在一日之内可以到达全世界绝大多数地方。同时，生活水平特别是医疗水平达到了空前的高度，所以尽孝不再拘泥于每天都在父母身边，一刻不离，而是采取丰富多样的方式。

其次，研究《论语》要用辩证的思维。《论语》中很多思想是积极向上的，但有一些想法还是应该更加完善或抛弃。例如《论语》中说道："不在其位，不谋其政。"这句话意思是不在这个岗位上了，就不要掺和里面的事和人际关系。这句话显然是经不起推敲的，退休了、离岗了也可以再为国家出力。如果改为"在其位，谋其政"就比较合理了，意思是每个人在自己的岗位上要履职尽责。

再次，运用《论语》要有扬弃的思想。《论语》以大篇幅论述为政为人为学要怎么做，标准很高，甚至有点苛刻。《论语》最后讲道："不知命，无以为君子也；不知礼，无以立也；不知言，无以知人也。"这三大纲领是儒家学说的核心，说明要做好君子，立足社会、了解人性是一件非常高的要求，一般人难以完全做到，却成了封建统治阶级禁锢百姓思想的工具，让有的人觉得其虚伪，使其没有正确理解《论语》的本来意思，反倒形成崇尚当官、官本位的思想。这些是糟粕，应该摒弃。

当然，论语中很多思想很厉害，值得我们学习，像德治、经济思想、君子定义等。但毕竟是两千多年前的产物，被很多学者、大家研究得非常透彻了，没必要过度解读。

总而言之，要把马克思主义基本原理同中华优秀传统文化相结合，用现代哲学的眼光看待《论语》，取其精华，去其糟粕，并赋予《论语》新的时代内涵。

读懂《红楼梦》

小学的时候，父母买了《四大名著（白话版）》给我阅读，就《红楼梦》没看，因为我压根看不懂。倒不是不知道里面贾宝玉、林黛玉和薛宝钗之间的情感关系，也不是不知道王熙凤强势的做人和管理能力，而是因为人生阅历不够，读不懂作者的良苦用心和深刻思想。曹雪芹讲"满纸荒唐言，一把辛酸泪。都云作者痴，谁解其中味"，道出了他为《红楼梦》付出了大量心血，披阅十载只是他在文章上所下的功夫，而他所经历的人世间所有悲欢离合和对生命的沉思都浓缩在这本书中。

说实话，我并没有完完整整地从头到尾读过《红楼梦》，我是零零碎碎地看一点记一点。随着时间的拉长、知识的累积，《红楼梦》这部著作的宏伟形象就树立在我的眼前。

由于《红楼梦》里面蕴含着大量清代政治、经济、社会、文化等方面的知识以及极高的文学艺术价值，近百年来，研究红学的人越来越多。可惜的是，越往深处研究很多都脱离了《红楼梦》这本书上的内容，有的甚至把它当历史书在研究。毕竟《红楼梦》的底色是一部小说，是文学作品，所以我就从《红楼梦》本身出发，谈谈我的一些看法。

《红楼梦》对人物的刻画非常成功。《红楼梦》里面人物众多，关系错综复杂。但是人多并不代表作者在小人物上没有下功夫，与其他许多名著不一样的是《红楼梦》不仅在主角上刻画得很成功，而且在小人物的描述上也很有特点。从名字看。《红楼梦》中很多名字与个人命运或个人形象有联系。例如《红楼梦》里面有甄宝玉和贾宝玉，一甄一贾，亦真亦假。里面有个丫鬟叫娇杏，谐音"侥幸"。因为她多看了贾雨村两眼，被贾雨村认为这是在释放爱意，好对她念念不忘。后来贾雨村高中进士后，将娇杏娶为正室，从此她的命运发生了巨大的转变。娇杏的命运对应着她的名字，确实非常侥幸。从形象看。作者在书中对绝大部分人物的形象都有一个描述，并且栩栩如生、跃然纸上。书中对宝玉的描述有："面若中秋之月，色如春晓之花。鬓若刀裁，眉如墨画，面如桃瓣，目若秋波。"这说明宝玉长得非常俊美。对王熙凤的描述有："一双丹凤三角眼，两弯柳叶吊梢眉，身量苗条，体格风骚。粉面含春威不露，丹唇未启笑先闻。"短短30多字就将王熙凤泼辣"管家婆"的形象完美呈现出来。对林黛玉的描述有："两弯似蹙非蹙罥烟眉，一双似喜非喜含情目。态生两靥之愁，娇袭一身之病。泪光点点，娇喘微微。娴静时如姣花照水，行动处似弱柳扶风。心较比干多一窍，病如西子胜三分。"与其他十二金钗相比，黛玉的形象描述应该是最特别的，作者没有从直观的角度去描述她，而是间接朦胧地描写，彰显了作者对林黛玉的喜爱。黛玉应该也是《红楼梦》中的一个"另类"。在不了解她的人看来她是一个有点神经质的女孩，在现代社会根本无法生存。但是在熟悉她的人看来，特别是作者和宝玉，她表面上虽然哭哭啼啼的，宝玉被打她会哭，宝玉开心她也会哭，但她比任何人都要坚强、都要执着、都要单纯，比其他女孩更爱宝玉。从细节看。通过对《红楼梦》里面一些细节的精研，就会捕捉到不少人物的信息。书的第四十五回里面写道：

"黛玉自在枕上感念宝钗,一时又羡他有母兄,一面又想宝玉虽素习和睦,终有嫌疑。又听见窗外竹梢蕉叶之上,雨声渐沥,清寒透幕,不觉又滴下泪来。直到四更将阑,方渐渐地睡了。"从这段话可以看出黛玉多愁善感的性格。

《红楼梦》中情节的设计非常巧妙。《红楼梦》的情节设计不仅精妙,很好地满足了人物事物特征的需要,而且逻辑性非常强,前后相呼应。从整体上看。《红楼梦》开篇就通过神话故事来引出小说的主旨内容,即木石前盟。"木"是指一棵绛珠仙草,"石"是女娲补天剩下的顽石。神瑛侍者以甘露之水灌溉绛珠草,使其修成女体,后变为绛珠仙子。绛珠仙子为报灌溉之德,追随神瑛侍者到人世间经历繁华劫难。下凡后,绛珠仙子成为林黛玉,神瑛侍者化为贾宝玉的外在,顽石则化为贾宝玉口中的美玉,也是贾宝玉的内核。另外,《红楼梦》在第五回给出了"十二金钗"的判词,既介绍了人物的生平,也预示她们的命运结局。从细节看。《红楼梦》对每一个细节的描写都特别用心,例如在第十七回里面宝玉题匾名"沁芳",从字面上讲,"沁"是渗透的意思,"芳"是芳香的意思,两字连用既体现出水与落花相融的自然芳香,也暗示了宝玉之后的生活必然是"沁芳"。所谓"隔岸花分一脉香",大观园群芳的"芬芳"浸染在水中,使得沁芳之水也清雅了起来。"沁芳"这个细节既体现了贾府的奢华,也体现了宝玉深厚的文化底蕴,更体现了贾府群芳的美韵。从人物命运上看。小说里面有一些情节很有艺术性,很好地表达了人物的特征和命运走向。例如黛玉葬花。黛玉葬花是《红楼梦》中的经典片段。林黛玉非常怜惜花,觉得花落以后只有埋在土里最干净,说明她对美有着独特的见解,并且她写了《葬花吟》,将花比喻成自己,一方面流水知音,惜花惜人;另一方面感花伤己,葬花词吟。黛玉的单纯高洁和后来的命运正如《葬花吟》中所写:"未若锦囊收艳骨,一抔净土掩风流。质本洁来还洁去，强于污淖陷渠沟……试看春残花渐落，便是红颜老死时；一朝春尽红颜老，花落人亡两不知！"从小说背景看。《红楼梦》的故事发生在清朝年间，贾府从繁华走向衰败的大背景下，小说中的很多情节都有所体现。例如元春省亲。贾元春是贾政的长女，因贤孝才德被选入宫做女吏，后封贤德妃。贾府为迎接她来省亲，特盖了一座富丽堂皇的别墅。贾元春虽然使贾家的荣华富贵锦上添花，但她被幽闭在深宫内。省亲时，她说一句、哭一句，把皇宫大内说成是"终无意趣"的"不得见人的去处"。这次省亲之后，元妃暴病而亡。在常人看来，封建时期贵为皇妃应该让人羡慕，但元春体会到了宫廷内部的种种黑暗和腐败，内心空虚，毫无幸福可言。

《红楼梦》中思想的诠释非常深刻。《红楼梦》之所以深受国人的喜爱，被列为四大名著之一，与其深刻的思想是密不可分的。首先，它是古典文学中第一本尊重女性的书。封建社会把人不当人，尤其把女人不当人，像《水浒传》里的孙二娘、顾大嫂，《三言二拍》和《金瓶梅》里的女性。但在曹雪芹的笔下，以林黛玉、薛宝钗为代表的几十位青年女性不仅美丽聪明，而且有思想有感情有意志有独立人格，并且还有贾宝玉爱她们、尊重她们，他坚信"女儿是水作的骨肉，男子是泥作的骨肉"。这在封建社会是一件多么了不起的大事件，是一场相当炸裂的"女权革命"。其次，它告诉我们什么是爱。《红楼梦》中贾宝玉对林黛玉的爱、林黛玉对贾宝玉的爱、贾宝玉对青年女性的爱等让我们知道爱其实是自然而然产生的，是一种包容，是一种"痴"。当然这里面的"痴"并不是贬义。在美学中，"痴"是一个很重要的字。人生没有这个"痴"，也就无情。对生命里执迷的东西、无法解释的"爱"就是"痴"。同时，爱是超越阶层的。例如宝玉对晴雯的友情和关爱。再次，它揭露人性。《红楼梦》对人性的思考是非常深刻的。例如贾瑞之死。贾瑞对王熙凤非常痴迷，不节制自己的欲望，置自己的尊严、性命不顾，导致身体到了濒临死亡的边缘。最后时刻，跛足道人送来了风月宝鉴（一种镜子），他却选择了照看镜子的正面（里面是王熙凤），而不是背面（警醒的骷髅），导致了他的死亡。另外，它揭示了尘世间的因果。《红楼梦》对儒家思想中的糟粕例如官本位思想非常痛恨，但对道家和佛家的思想比较推崇，里面的癞头和尚和跛足道人总是高深莫测、神机妙算。道家佛家这种因果的规律也广泛存在于《红楼梦》中。王熙凤这样心机、手腕、权术、色相都过人的女性，最后落得个"机关算尽太聪明，反算了卿卿性命"的下场。但王熙凤曾发自内心对刘姥姥和善以待。她的女儿巧姐在她死后虽然遭遇不幸，差点被卖身，但在紧急关头，幸亏刘姥姥帮忙，把她乔装打扮带出大观园，后来成了村姑。相比而言，巧姐要比她的姑母们幸运得多，正是源于王熙凤种了善因。

衡量一件东西价值大小的一个很重要的标准就是它存在的时间。《红楼梦》自诞生以来几百年经久不息，并且研究重视的人越来越多，这恰恰说明它的价值。有人说《红楼梦》是一部文学作品，也有人说《红楼梦》是一本百科全书，还有人说《红楼梦》是一本清朝历史巨著。在我看来，它是我读过的最有意思的一本书，处处是慈悲、处处是觉悟、处处是人生。

王安石变法失败原因的探究

小时候，每每从书中读到王安石的文章或诗句，都由衷地佩服这位北宋声名赫赫的宰相。

他的"世之奇伟瑰怪非常之观，常在于险远，非有志者不能至也"展现了他常人所不及的毅力；他的"遥知不是雪，为有暗香来"虽词句简单，但富含哲理；他的"天变不足畏，祖宗不足法，人言不足恤"充满了改革的魄力；他的"不畏浮云遮望眼，自缘身在最高层"体现了开阔的眼界……

初中读历史书时，了解到王安石变法是中国历史中非常有名的事件，那时只知道王安石变法是以失败告终，至于变法的内容是什么，为什么会失败，碍于当时的学识水平和认知层次，一直没有细究。

参加工作以后，我有着多个单位的工作经历，但不管到哪，发现一个单位要做出一点成绩、要进行一些改革都是很不容易的事情，更别说国家层面的变法。于是王安石变法又重新引起了我的高度关注，很想知道王安石一个这么有才华的人，为什么会领导变法失败。

王安石基本情况

王安石的政治才华是毋庸置疑的。他出生在一个官宦世家，父亲王益为官清正、风节凛然、秉公执法、说一不二，王安石深受他的影响。《宋史》对王安石能力的评价也非常高，里面写道："安石少好读书，一过目终身不忘。其属文动笔如飞，初若不经意，既成，见者皆服其精妙。"（意思是：王安石自小喜欢读书，过目终生不忘。他写起文章来下笔如飞，初看似乎漫不经心，完成后，看过的人佩服他的文章写得精妙。）里面还写道："安石议论高奇，能以辩博济其说，果于自用，慨然有矫世变俗之志。"（王安石的议论主张高深新奇，擅长用雄辩和旁征博引来论证自己的观点，敢于坚持自己的意见并办事，慷慨激昂地立下了纠正世事、改变传统陋俗的志向。）

王安石个人能力和性格的优缺点是对立统一的。在那个群星璀璨的时代，为何宋神宗把改革的大任交给了王安石，一方面王安石以其高洁的节操和政绩超越于其他士大夫之上，另一方面，王安石创新性的改革理论和主张完全符合宋神宗对现状改革的要求。正是因为他卓越的才华也在一定程度上造成了他性格上的过分自信，使他对有碍变法的人和事几乎持零容忍的态度，而用人不论资格，首要原则是拥护新法。这也是后来王安石变法失败一个很重要的原因。

变法的历史背景

960年，后周禁军将领赵匡胤发动陈桥兵变夺取帝位，定都东京开封府，建立宋朝。赵匡胤吸取了唐朝灭亡的教训，收归行政权、财权、军权，维护中央集权。政治上实行文人治国，军事上奉行守内虚外。然而，随着时间的推移，到了宋神宗时出现了"三冗"。

冗员：官僚机构庞大而臃肿。

冗兵：为抵御北方民族的南侵，形成了庞大的军事体系。同时，为了防止武将专权，实行"更戍法"，造成兵士虽多但不精。

冗费：军队、官员的激增，导致财政开支的增加，加上统治者大兴土木，政府财政更加入不敷出。

根据《宋史·食货志》记载，宋真宗到宋英宗年间国家财政年年亏空，宋朝的财政危机日益加深。

财政的亏空迫使政府不断增加赋税，给民众造成了沉重负担，加之连年战事和频繁的自然灾害，农民由于没有生路，纷纷揭竿而起。

同时，北宋建立以后，与东北边境的契丹族和西北边境的党项族连年发生战争，虽然耗费了巨大的人力财力，但都以失败告终。

宋神宗即位后，大宋王朝虽然表面上一派繁荣，其实内部已经蕴含着深刻的矛盾和问题。

变法的主要内容、动机和性质

王安石变法是北宋宋神宗期间以王安石为首的改革派进行的一次政治改革，持续16年，亦称熙宁变法。

王安石变法以富国强兵为目的，涉及政治、经济、社会、军事、文化各个方面，是中国古代一次规模巨大的政治变革运动。

王安石变法的动机和性质主要有三种代表性意见：一是王安石变法是一种封建式的改良主义，以封建式的土地占有形式及地租的剥削形式为骨干的社会内的改良主义。二是王安石变法是一种新的经济政策，达到国家经济改造、压制豪民的兼并、限制官僚贵族滥用权威侵占人民土地、增加国家收入的目标。三是王安石变法中理财的观念是"将社会经济的权柄归于国家，打破人民私有财产制度"。变法的内容主要如下：

青苗法：在每年二月、五月青黄不接时，由官府给农民贷款、贷粮，每半年取利息二分或三分，分别在夏秋季节归还。

均输法：设立发运使，掌握东南六路生产情况和政府与宫廷的需要情况，按照"徙贵就贱，用近易远"的原则，统一收购和运输。

免役法（募役法）：将原来按户轮流服差役，改为由官府雇人承担，不愿服差役的民户，则按贫富等级交纳一定数量的钱，称为免役钱。官僚地主也不例外。

市易法：在边境和重要城市设市易司或市易务，平价收购市面滞销的货物，并允许商贾贷款或赊货，按规定收取本金利息。

方田均税法：下令全国清丈土地，核实土地所有者，并将土地按土质的好坏划为五等，作为征收田赋的依据。

农田水利法：鼓励垦荒，兴修水利，费用由当地住户按贫富等级高下出资兴修水利，也可向州县政府贷款。

保甲法：将乡村民户加以编制，十家为一保，民户家有两丁以上抽一人为保丁，农闲时集中接受军事训练。

将兵法：废除更戍法，用逐渐推广的办法，把各路驻军分为若干个将，每将皆统以文臣，而总隶于总管府。

除了上面的内容外，还有保马法、改革科举制度、三舍法等，但最重要的部分是青苗法、方田均税法、募役法、市易法和均输法，与商业资本的发展有非常大的关系。

变法的推行可以说十分艰难，内部的矛盾变得不可调和。王安石与司马光政见时相抵牾，特别是元老重臣韩琦的反对奏章引发巨大震荡，王安石之前的知交好友与同盟军纷纷睽离，东明数百户县民集体进京上访。但变法成效也比较显著，政府的财政收入大幅增长，宋军的战斗力明显增强。

变法失败的原因

王安石变法失败的原因是多方面的,归纳起来主要有以下几点:

一是封建制度的缺陷。王安石虽然主导变法,但神宗是变法的主要领导,变法能不能推行取决于宋神宗。宋神宗英年早逝,只活了38岁。在他死后,反对派就推翻了新法。如果宋神宗能多活几十年,变法能够成功吗?估计也很难,在君权体制下,王道理想没有皇权的支持寸步难行,而皇权是非常脆弱和不稳定的,哪怕宋神宗这样优秀的帝王,都有着种种缺陷,没有好的国家制度保障,没有先进的理论指导,是撑不起崇高的政治理想的。同时,封建制度代表的是地主阶级的利益,王安石的变法思想超前像国家资本的思想与社会现实的落后性形成明显反差,势必会遭到激烈的反对。

二是没有处理封建国家与人民的关系。王安石变法的实质是富国,而不是富民,实际上是夺商人、地主、农民之利归国家财政,把整个社会作为"取财"的对象。变法损害了社会各阶层的利益,导致继续推动变法的社会基础丧失。

三是没有团结大量有坚定理想信念的人,用人失误。王安石的时代是一个人才辈出的时代,有"先天下之忧而忧,后天下之乐而乐"的范仲淹;有五十年出将入相的文彦博;有"王佐之才"的富弼;有"宋朝第一相"之称的韩琦;有文坛领袖欧阳修;有《资治通鉴》的作者司马光;有才华横溢的苏东坡以及他的父亲和弟弟。很可惜,这些人都没有被王安石重用。

王安石变法中的重要人物除了宋神宗之外,还有吕惠卿和曾布。吕惠卿是一个有很大政治野心的人。随着变法的推进和个人地位的不断提高,他的野心越来越大。他凭借王安石的推荐任参知政事,进入北宋核心统治集团。后来采取和王安石不合作的态度，直至发展为中伤。

王安石的用人主张是用君子去小人，他对宋神宗对小人的包容相当不满。但在变法中，由于反对派的强大压力，他比较注重人选的政治态度，而忽视了道德品质，他的用人常常以是否拥护变法为标准，这也导致起用了不少小人，没有团结到真正的有识之士。变法之初尚能团结一致，但变法取得进展，一些人的私欲就暴露无遗，最终导致窝里斗，也为变法的失败埋下了伏笔。

四是变法的推进过于仓促。王安石变法其实就是北宋进行的一次全方位的改良。改良改革并不是一件容易的事，得一环扣着一环，循序渐进，先改容易的，后改难的，但是王安石变法推进的速度过快，准备不够充分，短短数年间，将十几项改革全面铺开，变法陷入了欲速则不达的困境。虽然有的变法内容先进行试点再进行推广，但没有处理好改革、稳定、发展的关系。

五是王安石没有做到自身和客观世界的高度统一。王安石对当时宋朝的社会现状和封建体制的矛盾没有深入地了解分析，没有预料到变法可能会带来的激烈反应和反对派的大力反对，也没有预料到变法的内容虽然取得了一定的积极成效，但是也有不少负面作用。

六是新法本身的不彻底。由于变法推进比较仓促，没有进行大量的社会试点和实践，从而导致新法的内容考虑并不周全。以青苗法为例，青苗法的实施虽然大大增加了政府收入，限制了高利贷对农民的剥削，一定程度上缓和了阶级矛盾，但强制农民进行利息偏高的借贷，使得农民负担依然沉重，引起了不少群众的不满。

另外，政策执行过程中也出现了不少问题。仍以青苗法为例，政府把青苗法利率规定为百分之二十，有的官员为了敛财，把利率擅自提到百分之三十，执行加重了老百姓的负担，也造成了民怨。

七是王安石的个性不够柔软。《宋史》指出了王安石的性格上的缺陷，里面写道："安石性强忮，遇事无可否，自信所见，执意不回。"（意思是：王安石性格刚愎坚强，遇到事情不管对错，都相信自己的见解，非常固执不会改变。）王安石的个性不利于他团结大多数有识之士，也不利于他推动变法，很容易得罪他人。

八是保守派强烈反对。以王安石为代表的改革派和以司马光为代表的保守派之争本质上并不是权力之争，而是政策性的争议，并不是要不要改革的争论，而是怎样改革的争论。正是因为改革的意见没有得到统一，受到了保守派的大力反对，并且保守派的实力非常强大，人才济济，像司马光、韩维、文彦博等都在其中。宋神宗死后，在保守派的努力下，新法的内容基本全部废除。

历史大家之谈

毛泽东曾在1915年9月6日致萧子升信写道："王安石，欲行其意而托于古，注《周礼》、作《字说》，其文章亦傲睨汉唐，如此可谓有专门之学者矣，而卒以败者，无通识，并不周知社会之故，而行不适之策也。"

在青年毛泽东看来，王安石虽有"专门之学"，其变法"卒以败者，无通识，并不周知社会之故，而行不适之策也"。毛泽东并不是不赞成王安石变法的内容，而是觉得改革要从实际情况出发，做全面的考虑。毛泽东认为王安石没有"通识"，对社会现实以及决策者和上层人士的实际情况未能清楚把握，对改革涉及的阶级矛盾缺乏全面了解，未能采取恰当的措施整合他们，导致他们共同反对变法，引起了变法的失败。

在众人纷纷讨论王安石变法失败的原因时，著名历史学家邓小南对王安石变法成功与否的论断更符合实际：王安石变法盖棺多年了还不能论定。新法究竟是成功还是失败，我想不能一概而言，从富国强兵这个预期来说，应该说新法部分达到了目标，对于国家财政，从过去财政虚空、国库虚空的局面，扭转到库存充盈的局面，新法确实是有它的作用的。其他像学校教育、科举考试，增加铨试，这些做法其实都断断续续地坚持着。但王安石根本性的追求，所谓的"变风俗，立法度"，没有真正实现。所以王安石变法留给历史的影响是很复杂的，不能很简单地说是失败或是成功。

王安石变法虽然过去快1000年了，它所表现在思想精神层面的历史意义，要远远大于当时变法无论成功与否的经验教训，变法中展现出的大无畏精神以及变法措施中体现的近现代社会经济理念具有很高的历史价值。

参考文献：

[1] 崔铭.王安石传[M].天津：天津人民出版社，2021.

[2] 高山.二十四史[M].北京：光明日报出版社，2018.

[3] 陈登才.毛泽东评点二十四史解析[M].北京：红旗出版社，2010.

[4] 徐东霞.王安石的个性与熙宁变法[D].山东：山东大学，2010.

[5] 李华瑞.王安石变法的再思考[J].河北学刊，2008.

[6] 漆侠.王安石变法（增订本）[M].石家庄：河北人民出版社，2001.

[7] 邓广铭.北宋政治改革家王安石[M].北京：人民出版社，1997.

[8] 柯昌颐.生前事与身后名：王安石评传[M].北京：华文出版社，2018.

[9]李华瑞.九百年来王安石变法评议的演变和发展[J].历史教学（高校版），2007.

[10]李华瑞.近二十年对王安石及其变法的重新认识——为王安石诞辰一千周年而作[J].史学月刊，2021.

[11]雷博."失败"与"探路"：王安石变法的历史政治学分析[J].文化纵横，2021.

[12]张祥浩.王安石变法失败原因再探讨[J].东南大学学报（哲学社会科学版），2011.

再读武则天

从小学开始,看过不少版本关于武则天的电视剧。虽然电视剧很好看,但细细一回味,就很容易发现很多逻辑上的问题,有的把武则天过度美化,有的把武则天过度丑化,甚至还有些与历史事实严重不符。为了对武则天有一个更准确的了解,近期我查阅了《旧唐书》《新唐书》《资治通鉴》等历史书籍。

《旧唐书》的修撰离唐朝灭亡时间不远,资料来源比较丰富。署名后晋刘昫等人奉敕撰修,实为后晋赵莹主持编修。

宋仁宗认为《旧唐书》"纪次无法,详略失中,文采不明,事实零落",催促修《唐书》,《新唐书》由此而来,它是北宋时期宋祁、欧阳修、范镇、吕夏卿等合撰的一部记载唐朝历史的纪传体史书。

《资治通鉴》是司马光奉宋英宗和宋神宗之命编撰的一部编年体通史,它对之后的史官创作、中国的历史编纂、文献学的发展等产生了深远的影响。

然而,史书毕竟具有局限性,很容易带有偏见,本文以三本史书和相关论文为基础,运用现代眼光来解读武则天。

武则天心智发达

有史料记载，武则天姓武名珝，并州文水（今山西省文水县）人。其父武士彟，官至工部尚书、荆州都督，被封为应国公。从这里可以看出，武则天的出身其实还是蛮好的，父亲是当时比较大的官，她的足智多谋和政治才华应该深受她的家庭影响。史书对武则天的评价是"素来多智谋计策，兼通文史"。

武则天14岁时，唐太宗李世民听说她有姿色，选她进宫做才人。她的母亲杨氏放声痛哭与女儿诀别，但武则天并没有认为入宫不好。她说："见天子庸知非福，何儿女悲乎？"意思是我能拜见天子，怎么知道不是福分，何必伤心呢？都说自古英雄出少年，小小年纪的武则天就有着常人所不及的志向、乐观，有着独立思考问题的能力。

太宗逝世后，武则天削发出家为尼，住在感业寺。唐高宗李治游感业寺，相见后非常喜欢她，再召她入宫。日久之后，将她立为昭仪，后晋升封号宸妃。655年，唐高宗李治废黜皇后王氏，立武氏为皇后。

史书中记载："才人有权数，诡变不穷。"意思是武则天擅长权术，狡猾善变，手段无穷。她在后宫斗争中，可以说把权谋发挥到了极致。刚开始实力处于弱势时，她低声下气、卑躬屈膝地服侍皇后，拉拢她。随着皇帝的宠爱日益加盛，她又开始与皇后为敌，直至自己登上皇后宝座。

《资治通鉴》里面讲，武则天在任昭仪期间，和王皇后、萧淑妃斗争非常激烈，经常相互诬告诽谤，但李治唯独信任武则天。武则天心细如尘，每当观察到皇后和萧淑妃不敬重的人，必定与他们倾心相交，所得到的赏赐也要分给他们。因此，武则天对王皇后和萧淑妃的一举一动了如指掌，并且把这些情况都告诉了李治。后来李治力排众议，册封武则天为皇后。

武则天从14岁入宫到做尼姑，从做尼姑到再入宫封为昭仪，再到晋封为皇后。这个过程对一个在宫中没有任何背景的女人来说是非常艰辛的，不仅需要出众的外表，还需要沉得下心搞好学习思考，更需要做人做事的智慧。特别是她任昭仪的时候，王皇后、萧淑妃和她争宠，武则天能够从后宫杀出重围，挫败两大劲敌，彰显了她很强的心机和手腕。

武则天刚开始当皇后时，能屈身忍辱，顺从唐高宗的旨意。660年，高宗"风眩头重，目不能视"。李治有时将政事交由武则天处理。武则天天生聪明机智，又博览群书，处理的事情符合李治的要求。于是，李治经常将国家政事交给她。等到她得志之后，恃势专权。李治常被她牵制，本想废掉她的皇后之位，但事情败露，被武则天乘机排除上官仪等异己。自那以后，李治每逢临朝治事，武则天都在后边垂帘听政，无论政事大小，她都要参与。像官员的升降生杀等大权基本都由武则天掌握，李治变成了一个闲人。

但我觉得把武则天的进步归功于她的心机和手段并不完全正确，事情并没有那么简单，武则天能够登顶皇位与她自身的政治才能和眼界有着莫大的关系。唐高宗后期委托武则天公平决断政事。一方面说明李治非常信任武则天，另一方面说明武则天的行政能力很强，让李治很放心。同时，武则天为李治生了6个孩子，这也间接说明李治对武则天的喜欢并非完全是仪容举止美，更多是武则天能力出众、足智多谋、知识渊博。

由此可见，武则天能够得到李治的信任并能参与国家事务管理，归根结底是她卓越的政治才能，也为她日后成为皇帝打下了坚实的基础。

武则天政绩显著

武则天时期夹在贞观之治和开元盛世之间，虽然她的政绩跟两者不能相比，但是她在国家事务管理上并没有拖历史的后腿。从660年到705年，武则天参与国家政事管理45年。她称帝后，大开科举，破格用人；奖励农桑，发展经济；知人善任，容人纳谏；外交强硬，平定叛乱。她掌理朝政近半个世纪，其间社会稳定，政通人和，建立了"上承贞观之治，下启开元盛世"的不世之功。

《新唐书》里面记载：上元元年，进号天后，建言十二事：一、劝农桑，薄赋徭；二、给复三辅地；三、息兵，以道德化天下；四、南北中尚禁浮巧；五、省功费力役；六、广言路；七、杜谗口；八、王公以降皆习《老子》；九、父在为母服齐衰三年；十、上元前勋官已给告身者无追核；十一、京官八品以上益禀入；十二、百官任事久，材高位下者得进阶申滞。帝皆下诏略施行之。

从武则天天后期间上表提出的十二条建议来看，经过一些年参政的经历，她已经成长为一名卓越的政治家，她的政治举措在当时极为合理，在他的治理下国家繁荣稳定，也为她成为皇帝后的施政打下了坚实的基础。

《新唐书》列传中曾记载："太后不惜爵位，以笼四方豪桀自为助，虽妄男子，言有所合，辄不次官之，至不称职，寻亦废诛不少纵，务取实材真贤。又畏天下有谋反逆者，诏许上变，在所给轻传，供五品食，送京师，即日召见，厚饵爵赏歆动之。凡言变，吏不得何诘，虽耘夫荛子必亲延见，禀之客馆。敢稽若不送者，以所告罪之。故上变者遍天下，人人屏息，无敢议。"

这说明武则天求贤若渴，同时为了打击叛乱、控制舆论，用官职来打动告密之人。正面来看，武则天有洞悉人性、管理国家的能力。

武则天知人善任

武则天在位期间，非常注重人才的选拔和任用，起用了娄师德、狄仁杰、姚元崇等名臣。

《资治通鉴》里面有这样一个故事："娄师德薨。师德性沉厚宽恕，狄仁杰之入相也，师德实荐之；而仁杰不知，意颇轻师德，数挤之于外。太后觉之，尝问仁杰曰：'师德贤乎？'对曰：'为将能谨守边陲，贤则臣不知。'又曰：'师德知人乎？'对曰：'臣常同僚，未闻其知人也。'太后曰：'朕之知卿，乃师德所荐也，亦可谓知人矣。'仁杰既出，叹曰：'娄公盛德，我为其所包容久矣。吾不得窥其际也。'是时罗织纷纭，师德久为将相，独能以功名终，人以是重之。"

张居正讲评中曾说道："师德之为人，性资沉厚重，待人宽恕有容，有恩不使人闻知，有仇不与人计较。初武后用狄仁杰为相，实为师德疏荐其贤，而师德未尝自言。"张居正从娄师德推荐狄仁杰的品德中看到了举贤为公的内涵准则，就是"推荐人而人不知"。

从娄师德和狄仁杰的故事中可以看到武则天知人善任，启用娄师德、狄仁杰这样的贤臣。同时从娄师德与狄仁杰做人做事的水平和公道正派中可以看出武则天心胸之宽广，对人对事明察秋毫，一点都不迷糊，并不像史书中记载的那样荒淫无道、滥杀无辜。

武则天非常信任狄仁杰。武则天本想立武氏为嗣，灭绝唐家社稷，但听了狄仁杰晓之以理、动之以情的劝说，最终还是立庐陵王李显为太子。本来狄仁杰的姑侄子母之说并非他第一个提到，但狄仁杰的建议武则天能够接受，主要源于武则天对他的信任。

张居正在点评《资治通鉴》时说道:"然武后不悟于昭德,而悟于仁杰,则仁杰之重望至诚,又太后之所深信故也。故人臣谏君,必以积诚养望为本,又能徐伺机会而不骤,切中肯綮而不泛,则天下无不可悟之君,无不可成之事矣!"这段话虽然在告诉当时的臣子怎么向君主提建议,但从另一个侧面说明武则天能够听从贤臣的建议。

武则天对人才的爱惜不仅仅是朝廷中的大臣,有的时候还是自己的敌人,例如骆宾王。

《为徐敬业讨武曌檄》是唐代文学家骆宾王创作的一篇檄文。此文历数武则天之累累罪恶,层层揭露,有如贯珠,事昭理辨,很有鼓动性和号召力。然而武则天看完后,非但没有深恶痛绝,反而在初读至"一抔之土未干,六尺之孤安在"两句时说道:"宰相安得失此人!"从这里可以看出武则天具备政治家的眼界和胸怀,虽然骆宾王与她为敌,但她仍看重骆宾王的才华,想骆宾王为自己所用。

武则天多面评价

《旧唐书》是这么评价武则天的。史臣曰:"治乱,时也,存亡,势也。使桀、纣在上,虽十尧不能治;使尧、舜在上,虽十桀不能乱;使懦夫女子乘时得势,亦足坐制群生之命,肆行不义之威。观夫武氏称制之年,英才接轸,靡不痛心于家索,扼腕于朝危,竟不能报先帝之恩,卫吾君之子。俄至无辜被陷,引颈就诛,天地为笼,去将安所?悲夫!昔掩鼻之谗,古称其毒;人彘之酷,世以为冤。武后夺嫡之谋也,振喉绝襁褓之儿,菹醢碎椒涂之骨,其不道也甚矣,亦奸人妒妇之恒态也。然犹泛延谠议,时礼正人。初虽牝鸡司晨,终能复子明辟,飞语辩元忠之罪,善言慰仁杰之心,尊时宪而抑幸臣,听忠言而诛酷吏。有旨哉,有旨哉!"

赞曰:"龙漦易貌,丙殿昌储。胡为穹昊,生此夔魖?夺攘神器,秽亵皇居。穷妖白首,降鉴何如。"

《旧唐书》中,武则天时期叛乱比较多,因大多数反对她当皇帝。武则天杀了不少人,还有不少是听信谗言误杀,主要原因还是为了巩固政权。毕竟作为唯一一位女皇帝,人们的思想观念一时改不过来,接受不了,李唐基业扎实,想复辟唐朝的人很多,也造成了武则天的敏感多疑。

《旧唐书》中虽然对武则天有一些正面的评价,例如"泛延谠议,时礼正人"。但更多的是负面的评价,说她作为女性篡权、不顾伦理、滥杀无辜等,将她妖魔化。

我觉得《旧唐书》对武则天的评价或许有失历史本来面目,作为一个皇帝,最重要的是治理国家的能力,《旧唐书》很多地方只记录了一些事情,并没有将事情的来龙去脉讲清楚。武则天确实是个治国之才,她胸怀宽广、智谋过人,还有用人之法。她提拔过不少人,也杀了不少人。可是,后晋的史官只看到她杀了不少人,却忽略她在治理国家时所展现的能力,并为延续唐王朝的繁荣所做的贡献。那时的叛乱特别多,武则天都知人善任,一次又一次化解。

我们更应该关注的是她执政期间的各种策略与措施。

武则天之所以被史书评价如此之低,主要有这么几个原因:

一是她是历史上唯一一位女皇帝。在封建时代,女人当皇帝那是一件不可思议的事情,可是武则天做到了。这让那时被封建思想禁锢的人难以接受。

二是她是篡权得到的皇位。史官通常厚今薄古,通过对历史的撰写,来正确引导当时的人民,从而维护统治阶级的利益。武则天篡权,并且还是一个女人,不管她有多能干,她的篡权行为都必须予以否定。

三是武则天为巩固政权，杀了不少人，有些手段还比较残忍。

《新唐书》中是这样评价武则天的。赞曰："昔都孔子作《春秋》而乱臣贼子惧，其于杀君篡国之主，皆不黜绝之，岂以其盗而有之者，莫大之罪也，不没其实，所以著其大恶而不隐欤？自司马迁、班固皆作《高后纪》，吕氏虽非篡汉，而盗执其国政，遂不敢没其实，岂其得圣人之意欤？抑亦偶合于《春秋》之法也。唐之旧史因之，列武后于本纪，盖其所从来远矣。夫吉凶之于人，犹影响也，而为善者得吉常多，其不幸而罹于凶者有矣；为恶者未始不及于凶，其幸而免者亦时有焉。而小人之虑，遂以为天道难知，为善未必福，而为恶未必祸也。武后之恶，不及于大戮，所谓幸免者也。至中宗韦氏，则祸不旋踵矣。然其亲遭母后之难，而躬自蹈之，所谓下愚之不移者欤！"

《新唐书》本纪同样由于武则天作为篡权的唯一女皇帝，与封建体制格格不入。史学家为了维护宋朝统治，对武则天的评价和《旧唐书》类似，认为她是一位篡权者，将她列入本纪并不合适，并且认为武则天作恶多端，虽然她本人未得到报应，但她的后人受到劫难。

我们知道，武则天死后，李显给她立了一个无字碑，位于陕西省咸阳市区西北方50公里处的乾陵，对于无字碑，后世众说纷纭。

有的人认为武则天立无字碑是用以夸耀自己，表示功高德大非文字所能表达；有的人认为，武则天立无字碑是因为自知罪孽重大，篡唐立周，违背当时的封建主流思想；还有的人认为，武则天立无字碑是智慧之举，让后人去评价功过是非。

但我认为，这件事还要从当时的历史情况说起。705年发生神龙政变后，武则天将帝位传给太子李显。不久后，武则天就驾崩了。武则天死的时候已经不是皇帝了，并且她死后的皇帝是李显。虽然李显是她的儿子，但他曾被武则天废掉帝位，之间的矛盾不用多说，怎么立这个碑是武则天的遗嘱重要还是李显的决定重要，在我看来应该是李显的决定重要，并不是武则天想怎么立就怎么立。李显应该是很矛盾的，从个人情感看，一方面武则天是她的母亲，但她篡了李家的王朝。另一方面，李显是太子，登上皇位后，武则天把他废了。从国家层面看，一方面她积极作为，国家经济社会稳步发展。政治上打击豪门世族，发展科举制度，抑制豪门垄断；她奖励农桑，兴修水利，减轻徭役；她知人善任，虚心纳谏。另一方面任用酷吏，实行告密和滥刑的恐怖政策，杀了不少人。所以，如何撰写碑文来评价自己的母亲武则天，李显无法定夺，只能以无字碑的方式呈现。

武则天的子女

武则天共有6个孩子，4儿2女。根据史书记载，大儿子李弘和李贤都是她害死的。传言说大女儿还是婴儿的时候就被她掐死，当时她还是昭仪，目的是诬陷皇后。

如果说李弘和李贤的死涉及皇位争夺，还有一定的可能性。但大女儿的死归罪到武则天身上，我觉得还是说不过去。

一是杀死自己的女儿来诬陷皇后，从一个母亲的角度来讲，是一件极其残忍的事，一般人是下不了手的。同时，在皇宫里面操作难度极大，很容易留下蛛丝马迹，事情败露的话，武则天将身败名裂，永无翻身之日。另外，在封建时代，重男轻女，特别是皇家，女孩的分量不是很重，用女儿的死来扳倒皇后明显不可能，武则天这么精明的人难道算计不出来吗？

二是根据史书（《资治通鉴》）记载，掐死女儿诬陷皇后是654年，而废皇后是655年10月13日，中间隔了一年。这说明皇后废掉的直接原因并不是武则天大女儿遇害。

三是骆宾王所写的《为徐敬业讨武曌檄》中列述了武则天的多项

罪行，但是唯独这一件没写，也间接表明武则天杀害女儿的事不是真的。

6个孩子中最幸运的应该是李旦，这与李旦的智慧是分不开的。和哥哥李显当皇帝都被武则天废掉，武则天一直提防着他，多次试探他。一次是武则天假装把政事归还给他，让他当皇帝，他坚决辞让。另一次是任命李旦为司徒，半年左右，李旦辞去司徒。李旦不留恋皇位官职，明哲保身，头脑清醒，最终在武则天的6个子女中下场最好。

毛主席的评价

毛主席熟读《二十四史》，对中国历史中的主要人物的事迹了如指掌。他曾和工作人员孟锦云的谈话（见孙宝义编《毛泽东的读书生涯》）中提到武则天。原话如下："你觉得武则天不简单，我也觉得她不简单，简直是了不起。封建社会，女人没有地位，女人当皇上，人们连想都不敢想。我看过一些野史，把她写得荒淫得很，恐怕值得商量。武则天确实是个治国之才，她既有容人之量，又有识人之智，还有用人之术。她提拔过不少人，也杀了不少人。刚刚提拔又杀了的也不少。"

毛主席对武则天的评价无疑是非常客观的，他从"狡猾"的史书的字中读出字来，很好地概括了武则天这个人。

后　记

《澄澄的青春》这本书记录了我从大一至今所写的比较有代表意义的各种文体的文章。从第一次高考（2006年）以来的这18年，是深刻变革的18年。一方面，我们的祖国发生着翻天覆地的变化，改革开放向纵深推进，经济社会科技实现了高质量发展，老百姓的生活水平逐步提高。我们国家在严峻复杂的国际形势中坚守自身原则和稳步发展。另一方面，我从一名高中生转变为一名大学生，从一名大学生转变为研究生，再从一名研究生转变为国家干部。同时，我从一个稚嫩的青年到为人夫，再到为人父。内与外的变化、时代的深刻变革、浓烈的青春色彩或隐或现地展现在这本书中。

曾经有人问我："你到了这个年纪还有梦想吗？"我坚定地回答道："我有。"在世俗的眼光看来，到目前为止的我，人生并不出彩，算不上成功。但我每每想到我激荡的青春乐章，心情久久不能平静，我为自己能有这么豪情万丈的青春岁月感到万分自豪。现如今，我仍将无休止地朝着心中所爱前进！

这是我的第一本书，对我而言，是一个全新的开始。六分生活、三分阅读、一分写作。接下来，我将更加用心地去品味生活，更加认真地博览群书，更加发奋写作，不负韶华，续写人生美好篇章。

此书的顺利出版得到了众多亲朋好友的大力支持，在此一并衷心感谢。由于本文所作均是青春时期的作品，难免会有许多不成熟和不足之处，敬请各位读者多提宝贵意见，让这本书更加完美齐备，谨以此作为后记，谢谢大家！

李龙飞
2024年8月30日